果然我的青春戀愛喜劇搞錯了。⑫

My youth romantic comedy is wrong as I expected.

渡 航【Wataru WATARI】

繪者／ponkan⑧

日本小學館正式授權繁體中文版

果然我的青春戀愛喜劇搞錯了

My youth romantic comedy is wrong as I expected.

登場人物【character】

比企谷八幡………本書主角。高中二年級，個性相當彆扭。

雪之下雪乃………侍奉社社長，完美主義者。

由比濱結衣………八幡的同班同學，總是看人臉色過日子。

戶塚彩加…………隸屬網球社，非常可愛的男孩子。

川崎沙希…………八幡的同班同學，有點像不良少女。

葉山隼人…………八幡的同班同學，非常受歡迎，隸屬足球社。

戶部翔……………八幡的同班同學，負責讓葉山團體不會無聊。

三浦優美子………八幡的同班同學，地位居於女生中的頂點。

海老名姬菜………八幡的同班同學，隸屬三浦集團。是個腐女。

一色伊呂波………足球社的經理，高中一年級。當選為學生會長。

平塚靜……………國文老師，亦身為導師。

雪之下陽乃………雪乃的姊姊，大學生。

比企谷小町………八幡的妹妹，國中三年級。

川崎大志　………沙希的弟弟。國中三年級。

interlude...

一段漫長的沉默。

感情跟不上激動的聲音。話語裡說不定根本不存在邏輯。

說出口的若不是有意義的話語，就與什麼都沒說無異。

所以，稱呼這段時間為沉默也無妨吧。

直到前一刻，仍被雲間夕陽染成朱紅的天空與大海，現在早已轉為深藍色。

從天而降的細雪被映照在地面上的長影吸收，緩緩消失。

接著街燈亮起，影子朝各個方向伸長，顏色越變越淡，原本的形狀也逐漸瓦解。

有人說，可能會講很久。

不曉得是誰說的。搞不好是我自己。

雖然那人沒有繼續說些什麼，接下來的意思，不用說出口都傳達得出來。我沒有反對，以微笑與點頭作結。

其實，我很想責備自己「事到如今還要逃避嗎？」

責備比誰都還要為此感到放心的自己。

儘管多了那麼一點時間，也不會因此增添任何希望。

然而，我知道明確的答案會帶來空虛的結局。

所以才該將那個答案說出口。

不說出口就不會明白。就算說出口也無法傳達。

所以才該將那個答案說出口。

即使我知道，那個選擇必將招致後悔。

老實說——

我並不想要冰冷殘酷、只會帶來悲傷的真物。

1 於是，季節更迭，白雪消融。

我很習慣冷天氣。

打從出生起便沒離開這個地方、這座城市生活過，天氣冷也不是一天兩天的事。所以我一直認為，千葉的冬天就是這樣。

乾燥的空氣、刺骨的寒風、從腳底竄上背脊的寒意雖然讓人厭煩，但也不至於恨之入骨。

倒不如說，我覺得這已成為一種熟悉的感覺、理所當然的事實。

一言以蔽之，冷熱只不過是程度上的差別，取決於是否經歷過遠超出當下標準的環境。也就是說，沒體驗過其他地方的冬天有多冷，自然無從比較。

因此真要說的話，我應該比較不習慣溫暖，從未體驗過其他溫暖。

例如，吹在凍僵的指尖上，給予溫暖的白色氣息——

又或是用手套輕輕揪住的圍巾，大衣摩擦的聲音——
以及並肩坐在長椅上時，不經意相觸的大腿——
身旁的存在帶著的熱度——
這樣子的溫度令我惶恐。我稍微扭動身體，跟坐在兩旁的雪之下及由比濱保持一個拳頭的距離。
夜裡的臨海公園除了我們三人，便沒有其他人。望向天空，雪之下住的兩棟式摩天大廈就矗立在那裡。
海濱公園一帶與站前商業區相隔一小段路。過了大馬路，馬上就是閒靜的住宅區。雖然這裡地處海邊，多虧附近種了兼具擋沙與美觀功能的樹木，海風並沒有冷到哪裡去。
話雖如此，大概是因為附近沒有其他人煙，再加上地面積雪，我依然強烈感受到冬天的氣息。
日期仍停留在二月十四日。
這一天是情人節、小魚乾日，也是妹妹小町參加我的高中——總武高中入學考的日子。
另外，還是我們一起去水族館的日子。
從中午持續到傍晚的小雪雖然積得不深，草地、圍籬上還是見得到雪的痕跡。
聽說雪會吸收聲音。

我不認為這麼點雪會吸收聲音。不過，我們三人確實都默不作聲，純粹聽著彼此的呼吸，凝望寧靜的夜晚。

薄薄一層銀白色的雪景，反射月光和街燈的光芒。以現在的時間來說，四周算是頗為明亮。如果這裡的街燈仍使用過去的銀白日光燈，色調想必更加寒冷。不過，白雪反射偏橘的燈光，看起來甚至有那麼一點溫暖。

儘管如此，一旦稍微觸碰，積雪仍會融化消失。

缺乏真實感的暖光，讓我了解在夕陽照耀下落入海中的雪並非幻影。

這道光訴說著下過雪的事實，以及這一天的存在證明。它還告訴我們，這些證明只要經過些微的溫差及時間，就會失去蹤跡。

基於好玩而碰觸將會消融，基於惡作劇而拍掉也會消散。但就算是假裝視而不見，置之不理，它也會逐漸消失。

倘若天氣一直這麼寒冷，是否就能維持原狀？我忍不住思考起這種沒意義的事，再假裝打哆嗦，搖搖頭甩開思緒。這個問題的答案，我小時候做的雪人就證明過了。

最後，我順勢站起身，正好看見公園角落有一臺顏色以紅色和藍色為主的自動販賣機。

準備走向販賣機之前，我回頭望向那兩人。

「……要喝什麼嗎？」

她們互看一眼，隨即輕輕搖頭。我頷首表示理解。

我走到自動販賣機前，從錢包裡拿出硬幣，喀啷喀啷地塞進投幣孔。

平常喝的咖啡和兩瓶紅茶掉到洞口。我蹲下身，拿出飲料，放進外套口袋。

最後拿出的罐裝咖啡明明很燙，握在手裡卻意外冰冷。一直拿在手上絕對會燙傷，所以我用扔沙包的方式輕輕拋接幾次，同時思考它冰冷的緣故。

等到冰冷的手習慣鐵罐的溫度，我終於解開疑惑。

體感溫度不過是一串數字，若不賦予這串數字意義，就只是單純的數字。

我明白什麼是有意義的溫暖。我不是透過話語文字，而是親身感受到，「溫度」與「溫暖」是不同的概念。不過，我也只是不久前才發現，所以沒什麼好驕傲。

比起以前用一百元硬幣就能買到的溫暖，隔著布料短暫相觸的三十六度體溫，還顯得比較熱。

我細細回味著當時從大腿傳來，至今仍殘留在胸口的餘溫，緩緩踱回原本的長椅。

我隱約察覺到，自己再也無法感受那股熱度，所以想盡量拖延回去的時間。儘管如此，我也沒有停下腳步。

因我離開而空出的位置，並沒有人填補。先前不小心意識到那份熱意後，更是如此。

到頭來，我還是不明白，接近到什麼地步，才是正確的距離。

所以，我一邊想著「靠近到這個地方沒問題」、「還可以再近一步」，一邊慢步前進。

宛如這一年的時光。

走近對方，摸索著可以接近的範圍，重新測量距離感。

一無所知的時候，總是毫不客氣地大步前進；一旦有所察覺，立刻就得躡手躡腳。發現自己其實什麼都不明白的時候，雙腳已經連一步都動不了。

還差一步。至少半步。

我在這個距離駐足。

街燈像聚光燈般，照亮長椅和兩個人影，伸向四面八方的影子色澤薄弱，有點模糊不清。

我愣愣地注視這幅景象，一語不發，拿出口袋裡的飲料。兩人面帶困惑，但還是向我道謝，伸手接過。我留意著不要碰到她們的手指遞過飲料後，把手插回空出的口袋。

這時，口袋內發出包裝袋的窸窣聲。

光滑的觸感讓我有些在意。稍微看向袋口，原來是稍早收到的餅乾原封不動地擺在裡面。

餅乾沒有增加，也沒有減少。拍拍口袋也不會變多（註1）。

註1　出自兒歌〈神奇的口袋（ふしぎなポケット）〉歌詞。

幸福不會輕易增加。彼得跟獵豹還是 Carrousel 也都說過（註 2）。頭痛的是，雖然它們不會增加，卻會輕易減少、失去。

我拿出餅乾，確認是否有破損。多虧裡面放了粉紅色碎紙絲防撞，餅乾毫髮無傷。

我鬆了口氣，正準備將它放回口袋時，突然聽見輕柔的呼氣聲。

雪之下的視線停留在那包餅乾上。

「……好漂亮。」

她輕聲說道，陶醉的眼神有如墜入愛河的少女。由比濱似乎對雪之下突如其來的話語嚇了一跳，但隨後立刻興奮得往前傾。

「啊，嗯！這個袋子跟 maste 我挑了很久呢！」

「Maste？什麼東西？印度的招呼語嗎？」

「那是 namaste 吧。maste 指的是紙膠帶（Masking tape）。」

雪之下按著太陽穴，一副無奈的樣子。

「你明明連打招呼都做不好，卻知道一些有的沒的。」

「說什麼傻話？打個招呼就能營造出對話的氣氛，不是很好嗎？打招呼的用語可是必備知識。」

聽我這麼說，雪之下露出被打敗的表情。

註 2　分別指日本藝人池畑慎之介、演歌歌手水前寺清子、藝人 Carrousel 麻紀。

「在你心中，打招呼也算是對話啊……」

「嗯。所以我也盡量不跟人打招呼。」

「你也太不擅長對話了吧！果然是自閉男。」

對啦對啦，我就是自閉男嘛。「人如其名」這句話說得真好。話說回來，我竟然也習慣由比濱取的這個綽號了……以前我還會故意裝可愛，紅著臉別開目光，小聲否定「人家才不認識名字這麼丟臉的傢伙」的說（註3）。不對，我不記得發生過這種事。因為我一開始就放棄抵抗，接受這個綽號了嘛！

Maste……Masking tape的簡稱是吧，我記住了。雖然不曉得那膠帶是用來貼什麼的。不過雪之下小姐，您對年輕人的文化意外地熟稔呢……我如此心想，將視線轉向她。

雪之下大概是猜到我在想什麼，輕笑出聲。

「Masking tape本來好像是塗油漆時用在保護交接面，不過最近也有許多圖案精緻的款式。」

「對對對。一堆可愛的圖案，超流行的！可以用來包裝，或是貼在手帳上……」

由比濱興奮地開始講解。我一邊聽，一邊重新觀察包裝。原來如此，確實裝飾得很精緻。緞帶的大小適中，還用金線點綴，膠帶上也印著狗腳印的圖案。整體外觀相當

註3　出自《情色漫畫老師》，主角的妹妹紗霧被人提到筆名「情色漫畫老師」時的固定臺詞。

可愛討喜。

由比濱發現我盯著包裝看，似乎開始坐立不安，視線游移不定。

「味、味道……我沒什麼自信……不過，我很努力。」

最後，由比濱筆直地看過來，堅定地說出口。見到她如此認真，容不下打哈哈的空間，我輕輕撫摸手中的餅乾袋。

「……嗯，我都知道。」

我真的覺得餅乾做得很成功。雖然我還沒吃，不知道味道如何，我依然感覺得到，不擅長下廚的她為了送禮對象，已經盡了全心全意。

因此，我也盡量用不會太誇張、又不欠缺誠意的真摯言語回應。這句話平凡無奇，不幽默也不有趣，就算這樣，她似乎明白了我想表達的意思。

「對吧？因為你之前說過嘛。什麼努力的模樣怎麼樣的。」

由比濱得意地挺起胸膛，晃著手指說。

「……妳還記得啊？」

想不到她的記憶力這麼好……好啦，我自己當然也記得。

當時的那句話並非謊言，到現在我還是發自內心這麼認為。可是，被對方當面說出來，實在有點難為情。一想起以前說過的話就恨不得撞豆腐自盡，我就是這樣的人。

然而，難為情的好像不只有我。

「對、對呀。與其說記得，不如說忘不掉……因為，我聽見那句話時，有點嚇到。啊哈哈……」

由比濱露出羞赧的笑容，尷尬地扭動身軀。妳這樣講讓我也怪彆扭的耶！結果，連我都跟著「啊哈哈……」地乾笑。這時，我們四目相交，由比濱瞬間移開視線。

「……不、不過，你之後一直是那種調調，我已經習慣囉！」

她開玩笑似的補了最後一句，雪之下跟著笑出聲。

「是啊，十之八九都是低於預期。」

「對對對。」

由比濱點頭同意。嗯——我對此有些意見喔……我瞄了雪之下一眼表示反對。

「……等等，應該不是只有我吧？您不也一樣嗎，預期之下同學？」

「那是什麼詭異的稱呼……」

預期之下同學挑起眉毛，斜眼瞪過來。一旁的由比濱則是困擾地垂下眉梢，張開嘴巴。

「啊……例如說動物療法的那次……」

「沒錯沒錯，雖然我不知道那算預期之下還是預期之上。」

由比濱略顯尷尬地輕搔臉頰，我也點頭附和。當時我們還算不上熟識，所以無法強烈反駁，現在回想起來便忍不住想吐槽「這傢伙在說啥啊……」。由比濱發出沉吟，不曉得是否跟我有同感。

「嗯……難說耶。我當時是覺得『這個人好聰明喔』，不過……」

哎呀，轉折語出現了。既然說了「不過」，接下來的話只會是否定。由比濱也覺得她只是想跟貓玩吧……

沒有明說也是一種溫柔。要是把話說開，雪之下八成會像機關槍似的劈里啪啦反駁，於是我默默地將這個想法藏於胸懷。

然而由比濱似乎藏不住。也是啦，那對胸懷怎麼可能藏得起來呢！

「不、不過！小雪乃有點天真嘛！」

她原本可能是想幫雪之下緩頰，但雪之下聽了，卻只回以冰冷的目光。

「那是在說妳自己吧？」

「才、才沒有！妳看，之前玩大富豪的時候，我有用腦袋想呀……」

由比濱一時說不出話，但隨後馬上想到例子反駁回去。我也翻出有點模糊的記憶，回想那次跟遊戲社玩的黑暗遊戲。

「我倒覺得妳只是運氣好……」

「又、又沒關係，運氣也是實力的一環！那一天，那個、是我生日，運氣好是當然的，不如說發生了好事，我很開心……」

由比濱起初頗為激動，講到後半段卻輕輕低下頭，聲音越來越小。字句都在她嘴裡糊成一團了，根本聽不清楚，真想請她別這樣。一想起當時送她的禮物，連我都跟著害羞得低下頭了好不好？這時，雪之下咕噥道：

「生日跟運氣好有關係嗎……」

「有、有啦有啦！贏了不就好了嗎！」

雪之下神情嚴肅，微微歪過頭；由比濱鼓起臉頰，悶悶不樂地抱怨。看到她們這樣，我忍不住笑出來。

由比濱說得沒錯，不管過程如何，結果就是贏了。所以，這樣就好。

無論是我還是雪之下，我們一直從她正面積極的態度中得到救贖。

雪之下應該也明白這件事，她揚起嘴角，撥開垂到肩膀上的頭髮，滿意地點頭。

「……嗯，是呀。勝利是件好事。」

「又來了，不服輸的個性……」

我不禁泛起苦笑，雪之下聞言，淡然地望向我。

「你倒是挺喜歡輸的。」

「此言差矣。我每次可都是有打算贏的喔。」

對面的兩個人根本沒聽進去，由比濱還表達贊同：

「像網球跟柔道的時候……」

「……該說是白辛苦一場嗎。」

雪之下不知是出於無奈還是疲憊而嘆氣。這句話讓我有點不開心，這裡必須好好地糾正她：

「哪有？柔道那次才沒有骨折，只是傷到腰。」

雪之下似乎不認可這個玩笑，這次換她面露不悅。

「這只是一種譬喻，你插嘴（註4）做什麼？再說，你有去醫院檢查嗎？腰痛變成老毛病的話很難治，之後處理起來很麻煩喔。」

「原來妳這麼擔心他？其、其實我也有點擔心啦！」

雪之下表面上質問我，實則反將我的冷笑話一軍，由比濱有點被嚇到，但也馬上跟著搭便車。嗯——真希望這些寶貴的建議和問候，能在那個時候就對我說……

算了，既然人家那麼操心，就好好報告實情吧……

「有啦，去了一趟整骨院，還憑收據贏得體育課時在旁邊休息的權利。」

「哇啊～～好奸詐！虧我那麼擔心！」

見我得意洋洋的樣子，由比濱肯定很想收回先前的話。但是省省吧，妳當時絕對沒擔心到哪去。由比濱大概察覺到我怨恨的眼神，趕緊拍一下手轉移話題。

「其實，那種打打鬧鬧的活動很有趣呢。大家一起玩很開心。」

「……是嗎？」

「打打鬧鬧」這個部分我同意，不過，大家一起玩有很開心嗎……這點我持懷疑態度。由比濱挺起胸脯，肯定地回答：

註4「白辛苦一場」的日文為「骨折り損」，「插嘴」的日文為「話の腰を折る」，兩者直譯分別為「折斷骨頭」、「折斷腰」。

「當然囉。優美子、姬菜、隼人同學、小彩、小町，大家不是玩得很開心嗎？之前暑假的時候。」

她將視線移向遠方，雪之下也點點頭。

「露營的時候吧。先不論開不開心，確實很熱鬧……妳有沒有漏掉誰？」

雪之下納悶地歪過頭。經她這麼一說，我也扳起手指，計算當時一起去千葉村的人，然後得出答案。

「平塚老師……但她是負責帶頭的，不太算有跟我們一起玩。」

「……就我看來，老師也玩得挺開心的。」

雪之下蹙起眉頭。我不是不懂她的心情——嗯，對啦，那個人看起來總是自得其樂。還有戶部其實也在，不過那個傢伙就算了。我會永遠記得你的，所以請好好安息吧。都是因為他問了葉山奇怪的問題，才害我心情鬱卒，這件事只要有我記得就好。

那次暑假，發生了很多只留在我心中的事。

那抹苦澀宛如淤泥，一直盤踞在心底，留下疙瘩。

我之所以無法對鶴見留美這名少女置之不理，是因為我把她跟某人重疊在一起。我大概是無法原諒「大家」這種連存在都曖昧不明、只會帶來同儕壓力的強迫觀念，壓得她快要喘不過氣——或者說，始終把她壓得喘不過氣。

事件的結果絕對稱不上好。

只不過，那副即使知道是偽物、還是想伸出手的姿態，使我產生些許的希望，和近似於祈願的願望。這也是只有我記得就好。

然而回憶並不受個人意志控制，一起度過那段時間的人也會擁有。所以，她接下來也會提起這件事吧。

「煙火也好漂亮。」

由比濱看著夜空，喃喃說道。我也跟著抬起頭。今晚沒有明月，也沒有撒在空中的金絲，夜色一片黑暗。

「……煙火啊。」

「你記得呀？」

「對啊。暑假裡沒做什麼事，有什麼活動的話自然會記得。」

由比濱的語氣像是在調侃，所以我也聳聳肩，如此自嘲。

我們藉此將共同擁有的回憶，小心翼翼地收進心裡。

彼此之間剩下淡淡的微笑、細微的呼吸聲，以及幽然的沉默。

雪之下嘆一口氣，彷彿要填補這瞬間的寂靜。

「將近四十天的假期，你只記得其中幾天……」

「有什麼奇怪的，暑假不知不覺就結束啦……而且，開學後大家不是忙到不行。」

「因為越接近年底，活動就越多。」

「是啊……雖然大部分都是那個主委的問題。」

一想起那個人，說話就開始不客氣。由比濱也癟起嘴巴。

「嗯……不予置評。」

天啊！由比濱是大好人！那種人明明連審都不用審，直接送十個死刑，往死裡打就好的說！不過，雪之下好像也不認同我的看法，聳了聳肩。天啊！雪之下也要走溫柔路線嗎？才剛這麼想——

「問題不全在相模同學身上。」

「啊——妳把人家的名字說出來了……」

「……虧你有臉這麼說。你根本沒打算藏吧。」

雪之下按著太陽穴，一副頭痛的樣子，皺眉瞥了我一眼。我敷衍地回應「好啦好啦是我不對」，她才清清喉嚨，咕噥道：

「那是諸多因素導致的結果……」

這句話非常抽象，相當不精確，但難道還有其他說法嗎？雖然她講得含糊，我們仍然理解到她想表達什麼。

隨便將自己的理想加諸於別人身上，或者是因為無法容許自己隨便依靠別人、堅持不向其他人求助，又或是自以為替他人著想——各式各樣的因素。

不過，我認為我們就是在如此反覆之下逐漸了解彼此，得出上得了檯面的答案。

我們的答案不盡相同，但最後大概殊途同歸。

所以，雪之下用八竿子打不著的結論收起話題。

「最重要的是，行程排得太過密集。」

我跟由比濱都表示同意。

「對呀。之後馬上就是畢業旅行了。」

「沒錯。畢業旅行也是匆匆忙忙的。」

點到這裡，我不打算再說下去。後來是由比濱和雪之下接續話題。

「感覺沒有好好觀光到。頂多是清水寺吧？還有一個超多鳥居的地方。當地名產也沒吃到多少……不過，電影村很有趣！那裡的鬼屋好玩！」

「……所以我們當時匆匆忙忙的。」

相較於興奮的由比濱，雪之下看起來不太苟同。那時她們在不同班級，所以沒有共同行動。就算有一起玩，雪之下大概也不會進鬼屋。因為她不太擅長那種東西嘛！好吧，其實我自己也不太擅長。

「觀光勝地應該參觀了不少。龍安寺、伏見稻荷神社、東福寺、北野天滿宮……我還去了其他地方。至於名產，在旅館不是有吃到湯豆腐跟烏龍麵鍋嗎？而且想去的咖啡廳也去了。」

雪之下的臉上添了幾分喜悅。原來如此，那天早上去的咖啡廳果然是這傢伙挑的。那家店的確很別致，餐點也很美味，所以沒什麼好抱怨的……

回想到這裡，雪之下又低聲補充：

「還有拉麵……」

「拉麵？」

由比濱的頭上冒出問號，雪之下急忙閉上嘴巴。我開口填補這段空檔：

「喔，京都有很多有名的拉麵店，北白川、一乘寺那帶是一級戰區。時間夠的話，我也好想去一趟……高安、天天有、夢語……」

「啊？咦，什麼？」

「沒什麼。只是我想去的拉麵店，別理我。」

「嗯、嗯……」

勉強說服始終滿臉問號的由比濱後，輪到我接續話題。

「之後還是忙得要命。好不容易擺脫相模後，換一色搞出一堆問題……」

「啊哈哈……學生會選舉也超累的。」

由比濱發出苦笑，一旁的雪之下似乎有點洩氣，我瞥到這一幕，也嘆了口不小的氣。

「選舉剛結束，緊接著又是聖誕節活動，整天聽他們滿口 Logical Magical 這樣那樣的，簡直是地獄……」

「的確是聽不懂那群人在說什麼……不過你剛才講的話同樣很難理解。」

雪之下微笑著使出毒舌攻勢，蜷起的背不知何時挺直了。由比濱也輕輕撞一下她。

「可是，能免費去得士尼樂園玩很不錯耶！還買到一堆熊貓商品！」

「……嗯，是啊。並非只有壞事。」

由比濱嘿嘿笑著，雪之下別過頭。看到她們這樣，連我都覺得好溫馨。

確實不是只有壞事。

我認為我們當時的行為是有意義的。我們無法確定是否對一色伊呂波盡到責任，不知道鶴見留美抵達的終點是否正確，更無從得知她那句話的真意。

可是，至少我覺得這並非徒勞無功。

正因為這麼想，我才能度過平靜的年末。除了我之外，她們心中也存在同樣的溫暖吧。

所以，沉浸在回憶中的由比濱，語氣也相當平靜。

「總覺得時間過得好快。去年真的發生了好多事……」

「過完年後也超忙的好嗎……尤其是我們家，小町接著就考高中了。」

開學後，校內充斥著沒來由的流言，讓我有種一直在忙的感覺，好像只有年初的短短幾天得以悠閒度過。拜其所賜，回憶也統統集中在年初。想到這裡，我不禁擔心起小町的考試。

「希望新年參拜時許的願有效。」

「嗯？喔，是啊……」

我的擔心似乎表現在臉上，雪之下才為我打氣。

「算了，在這邊擔心也沒用。」

我打算轉換一下心情，如此說道。由比濱也點頭附和。

「對啊……等到結果出來，幫她辦個慰勞會吧！」

「嗯，麻煩了。好好地為她慶祝上榜。」

「……嗯。」

「當然！」

我講得一副小町確定會考上的樣子，她們卻沒有否定，而是笑著回答。多虧她們，我的表情才和緩下來。

然而，由比濱的表情突然蒙上一層陰霾。

「考試跟我們也不是完全無關呢。」

「是啊。明年的這個時候正好是考大學的時期，接著就是……」

雪之下再度垂下視線。那句話的下半段是什麼，不用問也再清楚不過。

大學考試結束後，接著就是畢業。

「一年過得真快……」

這句話比我想像的還有真實感。事實上，這段時間只不過是我們剛剛隨口就聊完的程度。與我一同回憶的這兩人，想必也很明白。

「這大概是目前為止過最快的一年。」

雪之下深深嘆了口氣，由比濱敲一下掌心附和。

「我也這麼覺得！為什麼呀？對了，大人不是常說嗎？年紀越大，時間過得越快，差不多就是那種感覺！」

「因為很忙吧……再加上一堆人來侍奉社委託或商量事情。都是平塚老師的錯。」

「她可以說是元凶。」

雪之下苦笑著說道。我和由比濱也露出類似的表情。

真是對極了。這一切都始於那個人的一句話。

事情的開端其實很微不足道。我甚至懷疑是她的心血來潮。

然後，很快就要結束了。

到現在，我們仍然沒有明確地分出勝負，結果總是曖昧不明，如在五里霧中。

就算是這樣，我仍然要找出我的答案、我們的答案——即使是錯誤的，即使會失去什麼。

一直回顧過去會沒完沒了。關於這一年的回憶，要聊多久就能聊多久。

而且都是愉快歡樂、可以笑著訴說的回憶。

只聊想聊的事，不想聊的就避而不談。

真正想說的話，一句也沒說出口。

一切都是恣意或刻意。然後馬上就會發現，不提及的回憶，正是自己最在意的部分。

我們三人想必都有這種自覺。

就因為這樣，對話才會中斷。

三人共度的時間未滿一年。其中有許多記得的事、忘記的事、假裝忘記的事。可以回憶的往事總有耗盡的一天。

聊完過去到現在，對話必然會中斷。

既然如此，接下來該談的就是未來。

大概是因為這樣吧。我們三個都吁出一口類似嘆息的氣，陷入沉默。

不可視又不可知，不可解又不可逆。

看不見又摸不透的事物，縱使我們對它一無所知，一旦邁出步伐，就再也無法回頭。

在這陣沉默中，我聽見有人把圍巾重新圍好，發出的布料摩擦聲。

「雪停了呢。」

由比濱看著罩上一層煙霧的朦朧夜空，喃喃自語。

雪之下沒有回應，只是微微頷首，抬起視線。嘴角泛起的微笑，如同自薄薄雲層中灑落的月光。

她們想必正看著相同的景色。

至今以來，肯定都是如此。

她們一直待在一起，看著類似的事物，共度同樣的時間。

不過，她們恐怕不會得出同樣的答案。我確信唯有那個答案不會改變。

為了不將答案說出口，我們轉而聊起其他話題。

平凡無奇的天氣、甜到發膩的咖啡，抑或是不值一提的回憶。

「聽說我出生的那天下著雪，所以叫做雪乃……很隨便對吧？」

時間靜靜流逝，雪之下忽然開口。由比濱用柔和的聲音，回應她略帶自嘲的笑容。

「……不過，我覺得這個名字很好聽，很漂亮。」

由比濱並沒有尋求任何人的贊同，我還是自然而然地點了點頭。

「……對啊，是個好名字。」

脫口而出的這句話，令由比濱驚訝地連眨幾下眼，雪之下也目瞪口呆。她們的反應害我害臊起來，趕緊移開視線。

為了掩飾這段尷尬的沉默，我將咖啡湊到嘴邊，喝了一小口。

事實上，我的確認為這個名字很好，特地收回前言也很奇怪，所以除此之外，我也沒有什麼好做的。

「雪乃」這個名字很適合她。

美麗、夢幻，又帶有幾絲寂寥。不可思議的是，我並不會聯想到冰冷或寒冷。

「……謝謝。」

雪之下的咕噥聲使我將視線移回去，她放在裙子上的手緊緊握拳，頭也垂得低低的。柔順黑髮如簾幕般，遮住她的表情。不過我還是從縫隙間窺見，她的臉頰染上淡淡的粉色。由比濱大概也看見了，揚起嘴角，輕輕呼出一口氣。

雪之下聽見她的輕笑，稍微咳了幾聲，然後抬起頭，端正坐姿。

「好像是我母親取的。雖然這也只是從姐姐那聽來的……」

起初她的語氣很冷靜，最後聲音卻小到消失在空氣中，原本抬起的視線也再次垂下。參雜苦笑的表情，蒙上一層陰霾。

我跟由比濱都瞬間說不出話。

是不是該隨便找些話題，接續下去？一眼就能看穿只是在撐場面的笑料也好，例如我的「八幡」名字由來更隨便，父母為小町的名字煩惱了那麼久，我卻是一秒就搞定。

或者可以交給由比濱，順著她的話題繼續聊。

可是，我和由比濱都選擇沉默。

只用吐息回應，而非言語。

雪之下與她的母親，以及陽乃。

關於她們的關係，我們知道的並不多——不，若要這樣說，我對由比濱的家庭關係也不清楚，她們同樣不了解我的家庭狀況。

所以，我不了解的是更根本的事物。

我不了解她，不了解她們。因為不了解，所以不明白該如何回應。

這種說法好比如果什麼都不知道，就擁有一大堆免罪符。

反正不了解對方，說了什麼不該說的也無可厚非；反正不了解對方，有所誤會也在所難免；反正不了解對方，漠不關心也是理所當然。感覺事情會變麻煩的話，趕快裝作不了解即可。更何況，我是真的不了解。

但我們對彼此的「了解」，已經到了無法忽視到底、無法故作無知的地步。事到如今還裝傻，誠可謂厚顏無恥。

到最後，我還是不知道以目前彼此的關係，如何應對最為適當。表面上順應對方的意見，適時地表達同感，再舉個相近的自身事例，提出不至於太僭越的建議——到目前為止，我想我有做到這一步。這恐怕就是標準答案。每個人都懂的極其自然的交流。

然而，正因為想屏除這種偽物，我們才變成現在這樣。

我下意識地緊握住咖啡罐，鐵製罐子絲毫沒有動靜，只有我的指尖顫抖，罐子裡傳來些微的水聲。

三個人之間安靜得連這麼細小的水聲都聽得見。

我將咖啡灌入喉嚨，輕輕搖晃幾下罐身確認剩餘量。我下定決心，喝完咖啡後要好好地跟她們談。

自己決定的事就得去做。我一直都是這樣。即使是受影響，受牽連，受逼迫，最後還是必須由自己下判斷。

這就是我的個性，完全不是決斷力那種值得誇獎、值得驕傲的東西。獨行俠基本上都是獨來獨往，任何事情都得自己處理。你可以稱這種人為「工具人」，但我並非萬能。基本上，我什麼事都不擅長，要說專長的話，大概就是巧妙地安撫自己、說服自己，然後死心吧。

但此時此刻，這種玩笑話是騙不過自己的。

讓我直說吧。

其實我覺得，我一直在逃避思考未來。

「逃避」這個字眼或許不太精確。最接近的說法應該是「避免」。說是排斥也可以。

不管怎麼樣，絕對不是逃避。

因為事實上，我對此感到厭惡。

到頭來，我追求的不是任何解答、解決或結論，而是「消滅」。我一直在等待眼前的課題、問題、難題在尚未明瞭之時煙消雲散，迎接模稜兩可的結局。

我自私地認為，我們都在無意識間期望這一切就這樣不了了之。忖度她們的心情固然太自以為是，但我的猜測大概八九不離十。

因為，我們一同度過了這段有如片刻的假寐——抑或是將人步步逼入絕境的凌遲——參雜幸與不幸的時光。

只不過，我明白這不可能實現。

由比濱結衣已經提出問題。

雪之下雪乃也有回答的意思。

那麼，比企谷八幡又如何？

過去的我八成會嘲笑這種不上不下的狀況；未來的我八成不會接受那種連答案都稱不上的結論；現在的我對何謂正確一無所知，只感覺到自己仍走在錯誤的道路上。

既然這樣，我該做的就是努力矯正這個錯誤。所以，現在我必須開啟話題。我喝下最後一口已經完全涼掉的咖啡，準備開口。

起初，我只發出一聲嘆息，然後是挑選措詞發出的沉吟聲。最後，終於說出像樣的字句。

「……雪之下，可以聽聽妳的事嗎？」

我自己都覺得「這種問句誰聽得懂？」

連想聽什麼都不太明白。

可是，對她們來說，這樣似乎就夠了。這句話豈止是樹葉，連旁枝末節都不清不楚，甚至缺乏樹幹或樹根。不過，或許還能成為一顆種子。因為，話中至少蘊含著我想跟她談，以及要讓這段停滯的關係前進的意思。

由比濱輕輕吸一口氣，凝視著我。她的眼神彷彿在確認我的決心。

雪之下則繃緊身子，低頭看著地面。

「……可以講給你們聽嗎？」

她細微的聲音透露出一絲猶豫，觀察我跟由比濱臉色的視線怯弱不安。接續在這句話之後的，只有躊躇不定的氣息。

雪之下的疑問——不，我不確定這是否為疑問。我不認為這句話是對我說的。我用眼神及一個點頭，回應她如同確認般的低語。雪之下困擾地垂下眉梢，沉默不語。

她可能跟我一樣，在選擇措詞吧。

由比濱輕輕靠過去，坐到雪之下的身旁，撫摸她的手，像是要在背後給予助力。

「我呀……一直在想，是不是繼續等比較好。雖然每次都只有一點點一點點，妳還是跟我們分享了許多自己的事。」

由比濱將頭靠到雪之下的肩上。我無從得知她閉上的雙眼中，帶著什麼樣的情緒。至少那般小狗撒嬌似的動作，已經足夠帶給人溫暖。雪之下放鬆下來，如同慢慢消融的冰塊。原本緊握的雙拳也逐漸鬆開，不太有把握地回握由比濱。

雪之下牽住由比濱的手，彷彿要確認彼此的體溫，緩緩開口：

「由比濱同學。妳之前不是問過我想怎麼做嗎？可是……我不太明白。」

她的聲音聽起來有點恍惚，像是迷路的小孩。默默聆聽的我們，想必也是同樣的表情。因為我們就是不知道該往何處去的小孩。

由比濱悲傷地垂下目光。

雪之下大概是不想讓她擔心，或是想為她打氣，才露出平靜的笑容、努力表現出有精神的模樣吧。

「可是，我以前的確有想做的事──曾經想做的事。」

「……曾經想做的事？」

由比濱面露疑惑，重複一次聽到的話。雪之下略顯得意地點頭。

「我父親的工作。」

「啊……不過那是──」

經她這麼一說，我想到了。之前聽說過，雪之下的父親是縣議員，還經營一間建築公司。陽乃也跟我提過。在我翻出模糊的記憶時，雪之下打斷我的話，接著說：

「嗯。不過，還有一個姐姐在……而且，做決定的人不是我。一直以來，都是母親負責做決定。」

雪之下的語氣冰冷下來，凝視遠方的視線像在瞪人似的。所以，我們選擇不插嘴。

人們訴說回憶時，好像都會望向遠方。雪之下看著天空，我也跟著抬頭仰望。在風的吹送及月光照耀下，棉花糖般的雲不斷流動，變成各種形狀。降雪雲已經遠離，空中開始出現星光。今夜應該不需要再擔心天氣。

星星的光芒來自數十光年外的遙遠過去。我們無從得知在這個當下，那道光是否確實存在。說不定就是因為這樣，看起來才格外美麗。得不到手的事物和已經失去的事物，總是特別美麗。

因為知道這點，所以無法伸手碰觸。一經碰觸便將開始褪色、腐朽。再說我也很清楚，那麼珍貴的東西，不是自己這種程度的人就能觸及的。

用過去式講述願望的雪之下，以及聽她述說的由比濱，或許都明白這點。

「從以前開始，一切事情都是由母親決定。她束縛住姐姐，卻放任我自由行動。所以，我始終追逐著姐姐的背影。我不知道自己該表現出什麼模樣……」

她的輕聲細語中，帶有鄉愁及悔恨，眼中也藏著寂寞及痛恨。

「……直到現在，還是什麼都不知道……真的如姐姐所說。」

雪之下低聲說道，凝望遠方的視線落到腳邊。她盯著整齊併攏的腳尖，像是在確認自己從未離開過半步。

聽到這裡，我們不禁語塞。

雪之下大概也感受到凝重的沉默。她迅速抬起頭，用靦腆的笑容掩飾尷尬的氣氛。

「我第一次跟別人說這些事。」

我被她的笑容影響，稍微放下心來，從乾燥的嘴唇呼出一口氣後，開口回應：

「妳都沒跟人提過？」

「對父親跟母親，應該是有委婉地表達過……」

那大概是許久以前的事，雪之下陷入思考。最後，她還是輕輕搖頭，不再回想。

「但我不記得他們有認真看待過。他們每次都要我不用煩惱這些事……大概是因為決定要讓姐姐繼承了吧。」

「那陽乃姐姐呢?」

「……大概沒跟她說過。」

雪之下輕撫下巴，偏頭思考後苦笑道。

「因為她的那種個性。」

「啊，我懂了……」

無論是身為妹妹的雪之下的評價，還是從青梅竹馬葉山聽來的片段印象，雪之下陽乃不是一個能商量將來、戀愛、夢想、希望這類話題的對象。

假如對方是無關的外人，她表面上可能會誠懇地接受諮詢，在不會太勉強對方的情況下，給予適用於普世觀念的中肯建議，或巧妙地附和，表示同感，讓對方得到當下的滿足感，恢復心情。對那個人來說，這點小事根本毫無難度。

然而，對象換成自家人的話，她的應對方式肯定截然不同。嘲笑調侃挖苦還算基本，就算煩惱順利解決，之後她也會一而再、再而三地提起，拿這件事當笑柄，當成一輩子的玩具。葉山隼人之前是這麼說的。

他跟她都出於自身經驗，很了解這一點吧。或許因為這樣，雪之下才沒跟陽乃談過。

好啦，我也不會主動跟家人談自己的志願和將來。不曉得該說是幸還是不幸，直到目前為止，我從未面臨過超出自己能力範圍的重大決斷。

但也因為這樣，我確實對家庭問題缺乏切身感受。若我們有自己的家業，說不定還能產生共鳴，可惜我們家只是傳統的雙薪家庭，跟這方面的事無緣。

由比濱大概也一樣，才悶悶不樂地低下頭。

雪之下沒有被我們的反應影響，輕聲嘆息。

「不過，說不定跟她商量才是對的。就算願望不會實現……我大概是害怕得到明確的答案，才沒有去確認。」

她的語氣帶著對過去的緬懷，稱為後悔或許比較正確。無論是何者，過去的事再也無法挽回。

儘管如此，她的雙眼仍望向前方。

視線前方是由比濱，還有我。

「所以，我要從這裡開始確認……這次我要自己下決定。不是照別人說的，而是自己思考過後，接受事實……然後放棄。」

小聲的吐息，平靜的微笑。

雪之下用沉穩的聲音，明確地說出「放棄」。

她至今以來都是死心的吧。只是因為沒確認過，才一直懷抱這份心情。

不打開看就不會知道箱子裡裝什麼。在時間來臨前，在有人打開箱子前，結果都無法確定。不過，當心中產生放棄的念頭時，便註定會結束。

一切都將導向唯一的結果。

「……我的委託只有一件……希望你們見證到最後。這樣就夠了。」

雪之下輕輕撫上圍巾，閉上眼。看起來像在整理儀容，而不是因為冷。她一字一句清晰地訴說，如同對神明起誓。

「那就是，小雪乃的答案嗎……」

由比濱輕聲開口。這句話聽起來像問句，她低垂的視線卻沒有看著雪之下。不過，雪之下筆直地看向由比濱。

「說不定，其實不是……」

雪之下露出苦澀的微笑，溫柔地握住由比濱的手。由比濱抬起頭。

「這樣的話……」

跟雪之下四目相交的瞬間，她吞回即將說出口的話，閉上嘴巴。

我也說不出話來。搞不好連呼吸都忘了。

雪之下的微笑就是如此美麗。

柔順的烏黑長髮傾瀉而下，露出白皙小巧的臉蛋。如水晶般清澈的雙眸正看著我。

她筆直地看著我們，毫不閃躲。彷彿能把人吸進去的深邃藍眸，看不出半分虛假。

「我想證明……自己一個人也做得到。這樣，我才能真正站上起點。」

毫不猶豫的話語、緊握的手、堅定的目光、挺直的背脊，在在顯示她沒有任何迷惘。

「真正站上，起點……」

由比濱帶著恍惚的表情咕噥道，雪之下點點頭。

「嗯。我要回家一趟，跟他們好好說清楚。」

「……這就是妳的答案吧。」

我想，這句話不是提問。沒辦法向對方說出口的話，跟自言自語沒什麼兩樣。

雪之下聽到這句自言自語，將稍微握拳的手放到大腿上，鎮定地說：

「無論過了多久，我都無法徹底死心……所以，這大概是我的真心話……應該不會有錯。」

語畢，雪之下瞄了我一眼。

這句話有我認同、或者說是產生同感的部分。

如果經過再久都不會改變，再怎麼捨棄都不會褪色，稱其為「真物」並無不可。這跟隨著時間流逝，放任不管就會損壞的偽物不同。

假如別過頭，移開目光，裝作視而不見，試圖遺忘——最後依舊沒有消失，稱之為真正的願望也無妨。

若這就是她所期望的結局，我也無話可說。

我執著的只有一點。

那就是——雪之下雪乃是自己做出選擇，自己做出決定。

受到他人的意思、企圖、同儕壓力、氣氛影響而下決定是不對的。就算有什麼東西因此崩毀，也不構成可以奪走她的尊嚴與高傲的理由。

我所期望的，不是雪之下去回應他人的請求，而是她發自內心的話語。

「不錯啊。去試試看吧。」

我略為頷首，對有點缺乏自信的雪之下說道，她才鬆了一口氣。

「嗯，知道了……我想，這也算是一種答案。」

由比濱的視線從她側臉移到自己腳邊，像在確認似的，慢慢點了幾次頭。

「謝謝你們……」

雪之下輕聲說道，低頭道謝。我無法得知她現在帶著什麼樣的表情，往後恐怕也永遠不會知道。即使看到她的表情，一定也會立刻忘記。

雪之下抬起頭後，臉上是一片神清氣爽。

她迅速起身，不讓我或由比濱再說什麼。

「我們走吧。越來越冷了。」

雪之下往公園出口，亦即她的住處方向踏出腳步。

接著，回頭望向仍然動也不動的我們。

柔順的黑髮、翻飛的裙子、隨風晃動的圍巾，以及她的站姿都無比動人。因此，我猶豫著該不該靠近。

但我已經答應要見證到最後。

所以，我也走向她的身邊。

即使會後悔，也希望那裡存在真實的話語。我不對任何人祈求，只是在心中許下願望。

2 其實，雪之下陽乃並沒有醉。

我不是第一次來到這裡。

宛如雙胞胎的兩座高塔。

雪之下住的地方，就位在其中一座的高樓層。

上次來的時候，是雪之下為校慶忙壞身體，跟學校請假的那一天。

當時她一個人待在家，我和由比濱前來探望。

之後，我就再也沒踏進這裡一步。

不過，由比濱應該早已來過無數次。大概是因為習慣了吧，穿過入口的自動門後，由比濱始終冷靜地站在雪之下旁邊。

相較之下，我則心神不寧地四處張望。到女孩子家裡真的會緊張耶……雖然才剛過入口而已！女孩子家真可怕，還沒進家門就有壓力。這裡根本是地下城最終頭目戰前的空間，在這種地方尋求邂逅顯然搞錯了什麼。

入口大廳鴉雀無聲，除了我們便無他人。若芭蕉在現場，八成會浸透進岩石裡。這哪是芭蕉，根本是安傑洛吧？（註5）

傳入耳中的，只有呼吸聲與困惑的吐息聲。通往電梯廳的自動門也靜靜地緊閉著。

透明度低的毛玻璃配合建築裝潢，用橘色三夾板增添色彩，無法看見玻璃的另一側。

我往門口看去，雪之下從皮包拿出鑰匙。

不過，她沒有把鑰匙插進對講機的鎖孔，而是留在手上叮噹作響。

雪之下獨自住在這裡，所以照理來說，根本沒有必要猶豫。可是，現在她的領域裡還有其他人在。

我不曉得雪之下為何一個人搬來這裡住。到目前為止，儘管有問清楚的機會，我從來沒有深究過。

即使是今後，我應該也不會勉強她說出原因。

並非因為缺乏興趣。我缺少的是其他事物。簡單地說，問題在於不知道該怎麼問出口，抓不準適當的時機。

註5　出自松尾芭蕉的俳句「山林幽靜　連蟬鳴都能浸透入石」。安傑洛為《JOJO的奇妙冒險》中的角色，最後被封印進岩石中，成為「安傑洛岩」。

由於不曉得哪裡埋著地雷，從過去到現在，我一直對接觸他人隱私感到恐懼。

我親身體會過，一句無心之言可能會深深傷到別人。例如在打工面試時被問「你有女朋友嗎？」或許對方沒有惡意，一旦表達方式或時機不對，還是會受到重創。我又不小心聊起自身經驗了……好啦，這不重要。重點在於，接觸尚未公開的情報往往伴隨風險。

不過，現在有個問題能詢問雪之下。如果是彼此都知道的事，就能藉此開啟話題。

「……那個人還在嗎？」

「……大概。」

不用特地講出名字也知道在指誰。那個人——雪之下陽乃確實說過，她要在這裡等雪之下。

雪之下露出有點無力的微笑回答，手中的鑰匙跟著晃了一下。看來她終於做好覺悟，把鑰匙插進對講機。

不過，在她轉動鑰匙前，自動門就無聲開啟。

「哎呀，是雪乃。」

與現場氣氛格格不入的話音，輕快的腳步聲。

門後的人是雪之下陽乃。從電梯廳照進來的燈光，像聚光燈一樣照亮她。

「……姐姐。」

訝異與呆愣的兩人互相注視。我再次意識到，這對姐妹真的很像。不，長相本身相似這點我早就明白。即使撇除主觀意見和個人品味，以一般人的眼光來看，她們也是極其相似的美人姐妹，只是因為她們平常給我的印象截然不同，才讓我擅自將兩人歸為不同種類。

但這個瞬間，我把之前對她們的感想拋到腦後，純粹地覺得這兩個人很像。因訝異而微張的雙唇、連連眨眼的模樣，宛如一面鏡子。

然而，那面鏡子馬上就破碎。

「妳回來啦～」

或許是因為樣子不同於以往，猛拍雪之下肩膀的陽乃，表情比平常更加柔和。仔細一看，身上的衣服也毛茸茸、輕飄飄，並非平常的俐落風。那大概是居家服吧。外面還隨便披著一件外套，腳上穿著涼鞋，打扮休閒得像「我去對面的便利商店一趟」。

除此之外，陽乃的頭髮飽含水分，臉泛紅潮。大大的眼睛總是給人銳利的感覺，現在卻一副睡眼惺忪的模樣。

雪之下也發現姐姐跟平常不太一樣，訝異地皺起眉頭。

「……妳在喝酒？」

「嗯，喝了一點。」

陽乃捏起食指跟大拇指，表示自己喝得不多。但是看她笑的模樣，我覺得應該喝了不少。我、雪之下跟由比濱都忍不住冷冷看著她。

陽乃大概也覺得尷尬，清了一下喉嚨。

「那麼，妳回來的意思是——」

「……嗯。我有話跟妳說。」

雪之下直截地說出口，表情並不緊張僵硬。陽乃見狀，稍微吐出一口氣。

「這樣呀。」

她只是興致缺缺地回了一句，望向先行上樓的電梯。

「……總之，要進來坐坐嗎？待在這裡也不是辦法。」

「呃，不用，我們馬上就回去。我們只是送她回來。」

「是、是的……而且，妳不是要出門嗎？」

面對突如其來的邀請，我和由比濱都有點困惑。這麼私人的問題，實在不能貿然介入。只不過，陽乃毫不在意我們的反應，推著由比濱的背。

「沒關係沒關係。我只是想去便利商店。」

「那、那個……」

由比濱困擾地說，但陽乃一直在後面推，她也只能乖乖向前走。雪之下同樣不知所措，嘆著氣跟在陽乃及由比濱身後，走進電梯廳。

在等待期間，陽乃哼著歌，不停地按電梯按鈕。不不不，這樣按電梯也不會比較快來……根據機型不同，有些還會變成取消。

這個行為使她顯得比平時還要稚氣。先前一直以為陽乃的酒量很好，看到她這副模樣還滿意外的。

電梯好不容易回來，但狹小的空間又令人侷促不安。除了一臉開心的陽乃，我們只是盯著不斷增加的樓層數字。隨著電梯上升，重力跟沉默一起沉甸甸地壓到肩上。

或許是在意這尷尬的氣氛，由比濱向陽乃搭話：

「妳剛剛在家喝酒嗎？」

「嗯～～不是不是，在外面喝的，然後回來沖澡清醒一下……喝完酒不是會想吃甜食嗎？」

陽乃用視線詢問我「你說對不對？」

「呃，我怎麼知道……」

就算她講得一副理所當然，我們還沒成年，怎麼會知道……陽乃似乎也想到這點，歪過頭說：

「對喔。算了，等你們到那個年紀就會懂。」

「一副煩人大學生的樣子……」

「喔，很會頂嘴嘛。」

陽乃揪住我的耳朵。不久前在室外凍到發痛的耳朵受到新的刺激，不、不要啊！人家的耳朵很敏感！而且妳呼出來的氣有股淡淡的酒味，洗髮精也香得要命，我真的快受不了了！電梯裡為什麼會殘留這麼香的味道？

「不只想喝酒，還想找點東西吃。」

這句話的音量大概是別人是否聽見都無所謂。我還在煩惱該不該回答她，電梯便抵達雪之下住的樓層。

× × ×

雪之下轉動門把後，一行人陸續踏入玄關。

雪之下家的格局大概是３ＬＤＫ。之前來的時候只待在客廳，但這棟屋子其實頗為寬敞，我還記得從走廊上能看見主臥室的房門。

不過我總覺得，這裡跟上次來的時候有點不一樣。

從玄關到走廊、到客廳，舉目所及皆整理得乾淨整齊，裝潢也沒改變。

只有雪之下發現這股異樣感的來源。

她看向沙發旁的邊桌，我跟著看過去。那裡擺著一個像炸義大利麵的物品。由比濱的房間也有類似的東西。印象中，那好像是室內芳香劑。

仔細一看，像百力滋餅乾的木棒插在瓶子裡，底下裝著大量類似藥水的液體。炸義大利麵把液體吸上來，散發出的香味，大概是剛才聞到的氣味來源吧。

淡淡的花香。甘甜華麗，又有種優雅的感覺。

但本來應該會讓人冷靜下來的香味，卻散發出危險的氣息。

當時沒有聞到的異物感竄入鼻間，房內的氣氛彰顯這裡還有其他人存在。雪之下陽乃的出現，留下些微的影響。

原來，這就是異樣感的真相嗎。

這股香氣實在不符合雪之下的形象，所以我才會在意。這瓶芳香劑大概是陽乃帶來的。我個人對雪之下的印象，比較偏帶有清潔感和清涼感的薄荷或肥皂香。

雪之下本人好像也不太喜歡這股香味，微微皺起眉頭。她像是私人領域被侵犯的貓，看了芳香劑好幾眼，但還是轉往廚房開始燒開水。看來是要幫我們準備紅茶。

雪之下悶悶不樂，陽乃則正好相反，心情極佳。她哼著歌打開冰箱，拿出酒瓶和高腳杯，踩著小碎步跳上沙發，然後滾了一圈。

陽乃將酒瓶與酒杯放到旁邊的小櫃子上，舒服地伸了個懶腰，修長的雙腿從寬鬆的短褲裡直直伸長。

我努力讓眼睛不要飄向她邋遢的模樣，視線游移不定。這時，陽乃向我們招招手。

「你們隨便坐。」

「為什麼是姐姐在做主？」

雪之下無奈地嘆氣，回到客廳，將紅茶放到矮桌上。

她泡了四杯紅茶。藉由杯子的位置，我們也大致找到自己的座位。

陽乃也將手伸向面前的杯子，一口氣喝光，「呼～」地發出滿足的嘆息，接著又幫自己倒一杯香檳。由比濱一直在旁好奇地看著。

「那是酒嗎？陽乃姐姐常常喝酒？」

「啤酒、洋酒、日本酒、紹興酒、威士忌，我什麼都喝。」

「哇～對酒很了解感覺超帥氣的！」

陽乃輕笑出聲。

「其實一點都不了解啦。只要去等級夠高的店，基本上每種酒都不錯。我都是告訴店員當時的心情跟喜好，讓他們幫我選。」

什麼？這樣反而更像內行人。酷斃了……

一旦聊到自己喜歡的話題，就會開始得意忘形對吧。剛學會森伊藏、魔王、獺祭這幾種酒，就在裝內行的那種菜鳥大學生實在很讓人火大。

以某種意義而言，陽乃的選酒方式高明許多。

一邊喝酒一邊賣弄知識，幫其他客人上課的傢伙超煩的。例如拚命吹捧比利時啤酒，否定日本乾啤酒的人。這種症狀容易在出社會第二年發生，所以叫做「社二病」！為什麼人家明明沒問，男生卻老是喜歡賣弄知識……沒辦法，這就是男人奠定地位的方式。

然而，完全沒有相關知識也滿哀傷的。比如說……

「侍酒師，是侍酒師對不對！」

「不要懂點皮毛就亂講……」

看看眼前的比濱同學，雙眼正閃閃發光。這種字彙量不足的人也有問題。最近年輕人的字彙量實在很糟糕，只能用糟糕來形容，真是太糟糕了。語言這門學問真的是博大精深呢——

不過，酒的效果的確不容小覷。世上也有提倡喝酒交流的人，所以酒精應該是有一定的效用。舉例來說，不管把對方臭罵得再難聽，只要把錯推給酒就沒問題。才怪。被罵的人死都不會忘記。

無論如何，多虧現在的陽乃喝醉，跟她互動的難度確實比平常低。

由比濱可能也覺得陽乃變得比較好親近，跟她的距離拉近了不少。

陽乃晃著高腳杯，享受芳醇的酒香，仰頭一飲而盡。那一連串的動作有模有樣，由比濱也讚嘆出聲。

「哇——好帥喔……」

「……會嗎？」

好啦，陽乃本人是很帥氣沒錯，但大肆讚揚這種行為好像怪怪的……若說喝酒的人很帥，那些聚集在中山競馬場附近，不知為何沒有門牙的大叔們也很帥，大白天就在小岩或葛西喝酒的大叔都變成帥哥囉？

不過，由比濱似乎不會從酒精聯想到喝醉的邋遢大人，她雙眼發光，用尊敬的眼神看著陽乃。

「不知道為什麼，會喝酒的女生感覺好帥氣！」

「勸妳趕快捨棄那種觀念……」

討厭！這樣葛格很擔心比濱妹妹耶！就算以後上大學，也要選正派的社團加入！跟葛格約好囉！

話雖如此，我多少能夠理解由比濱說的話。在我們心中，多少都存在對大人世界的憧憬。

說不定是因為社會規定只有大人能碰菸酒，我們才會心生憧憬。獲得那樣的道具，即可輕易、迅速、方便地嘗到成為大人的滋味。

但如果身邊有酒品不好的人，就不太會對酒有這種印象……像我家老爹，有時候喝得醉醺醺地回來，聽說跟客戶喝酒時還常把衣服脫掉，我都有種「真是不堪……」的感覺。

想到這裡，我不禁嘆一口氣。

同一時間，我聽到另一陣嘆息。往旁邊一看，原本又鑽去廚房的雪之下帶著礦泉水回來，遞給陽乃，要跟她的高腳杯交換。

「帥的不是喝酒這個行為。懂得適度、理性地品酒才帥。」

「對對對，像我這樣。」

陽乃哼哼笑著，抱緊酒瓶，拒絕將酒交出去。雪之下無奈地扠腰。

「妳還要喝？」

「人總有特別想喝酒的日子。而且，酒是人生的潤滑油唷。」

「……我倒覺得大多數的情況下，會是問題的源頭。」

沒錯沒錯，自稱潤滑油的東西沒有一個像樣。面試的時候也是，把自己譬喻成潤滑油的人絕對不會被錄用。因為公司要的永遠是齒輪！

不過，偶爾也會有像潤滑油一樣滑溜，讓許多事情不會沾上身的人。

事實上，陽乃就把雪之下的碎碎念當耳邊風，又喝了一口香檳。

「別擔心，我會好好聽妳說。」

她的語氣一點醉意都沒有，相當冷靜。雪之下似乎也明白，於是收回陽乃沒接過的礦泉水，淺淺一笑。

「……也是，畢竟妳不喝酒也一樣不會乖乖聽人說話。」

「沒錯～」

她輕浮地回應，轉了下杯子，隔著玻璃望向雪之下。儘管隔著淡金色的液體，她銳利的眼神也沒有柔和半分。

「所以，妳要跟我說什麼～」

陽乃吊兒郎當地問，用纖細的手指輕彈杯緣。原本應該清脆悅耳的聲響，不知為何帶著如履薄冰的寒意。最後，剩下在杯中滋滋作響的氣泡聲。

直到聲音盡數消散的短暫時間，彷彿不容旁人介入。我跟由比濱都只能屏息以待。

雪之下已經對我們說，希望我們見證到最後。因此，我們什麼都不做，連一句話都不說，帶著飄忽的視線，靜靜地等待她開口。當四目忽然相交，我們只是不自然地別過目光，最後將視線落到雪之下的嘴邊。

這段期間，雪之下沒有說話，承受著陽乃的注視。她像在斟酌遣詞用句般，慎重地張開嘴巴，然後閉上。

這個動作小到看不出是在吸氣還是吐氣。

不過，那份躊躇僅出現那麼一瞬間。

雪之下泛起一抹淺笑，緩緩開口。

「關於我們……關於今後的我們。」

她的聲音高雅清澈，儘管音量不算大，還是響遍整個房間。抑或是她的眼神讓人產生這樣的錯覺。那絕不逃避的直率目光，說不定打動了聽者的心。

陽乃也不例外，感嘆地說：

「妳也願意講給我聽呀。」

「嗯……因為這跟我和妳，還有母親有關。」

聽見這句話，陽乃瞇起眼睛，微微歪頭。她先思考了一瞬間，然後大概是想到雪之下要講什麼，失落地聳聳肩。

「……喔，是那件事嗎。看來我不會想聽。」

她嘆了口氣，移動視線。

「對不對？」

陽乃轉向由比濱徵詢意見。她的眼神令由比濱全身緊繃。

不過，雪之下探出身子打斷她的話。

「我還是希望妳聽我說。」

雪之下的語氣堅定，音調與平常無異，音量絕對不大，語速也不快。

正因如此，才看得出決心。

這句話不帶迷惘與困惑，更遑論錯誤，確實打動了陽乃。

陽乃從靠著的沙發緩緩坐起，將手中的高腳杯放到邊桌上。她用這個動作，示意雪之下繼續說。

「所以，我要回家一趟。我想和母親談我對未來的希望……就算不會實現，也不想後悔。」

講到這裡，雪之下暫時打住。

她垂下長長的睫毛，顫抖地吁一口氣。她的纖細肩膀晃動，瀑布般的黑色長髮遮住臉頰。

我無法窺探雪之下的表情，只聽見她繼續說：

「至少……唯有這件事我想說清楚，想讓自己能夠接受。」

語畢，她撥開頭髮。

雪白的臉龐露出，其上掛著平靜的微笑。

看到她的表情，我忍不住倒抽一口氣。由比濱大概也一樣。

雪之下的姿態就是美到這個地步。蘊含堅定決心的清澈藍眸，帶著微笑的臉龐染上淡紅色。

或許是因為這樣吧，沒人開得了口回她。

只有陽乃呼出一口近似嘆息的氣。

我不由得看過去，再度為之屏息。陽乃此刻的表情，與雪之下的微笑極為相似。美麗、和藹、溫柔的微笑。可是，卻有點冰冷。

「是嗎。這就是妳的答案。」

陽乃柔和地說道。

雪之下默默地點頭。陽乃依舊用不帶溫度的眼神，像打分數似的看著她好一段時間。即使如此，雪之下仍然不為所動。最後，陽乃輕輕嘆了口氣。

「好吧。總算像樣了點。」

這句話像是說給自己聽的。接著，陽乃又拿起酒杯，一口氣喝完剩下的香檳，將酒杯舉到眼前。

我無從得知陽乃眼前的弧形玻璃，映照出什麼景物，只看見杯口滑落一滴水滴。

她滿意地看著，微微點了下頭。

「我明白妳想表達的意思了。既然妳是認真的，我也會幫忙。」

「……幫忙？」

雪之下訝異地看著她，似乎不敢相信自己聽到的話。陽乃笑咪咪地回應。

「對。」

她用短短一個字肯定，雪之下卻仍然面色凝重。我也一樣。只要稍微了解雪之下陽乃的為人，便不可能對她的話照單全收。

所以，儘管知道這樣太多事，我還是忍不住插嘴。

「……請問，具體上要怎麼幫？」

「母親八成不會輕易改變方針，花時間跟她好好談還是少不了的吧？所以，我會找時機幫妳說幾句話。」

陽乃回答時，還調皮地眨了眨眼。確實如她所言，雪之下的母親不太可能輕易改變意見。儘管沒深入聊過她的母親，也跟對方不熟，憑之前在旁邊聽她跟雪之下交談，便想像得到這一點。根據我個人極為主觀的印象，雪之下的母親是不需要他人意見的類型。

那個人在對自己的女兒說話時，有種其實是在說給自己聽的感覺。若她們平常對話就是那樣，雪之下自己跟她談，大概也不會有什麼結果。

這種頑固的感覺，很接近我剛認識時的雪之下；乍看之下在聽人說話，實則沒聽進去的模樣，則跟陽乃重疊。該說不愧是母女嗎？

既然如此，身為姐姐的陽乃，應該比較擅長跟母親打交道。她的協助或許確實有其意義。

才想到這裡，陽乃忽然笑出來。

「雖然這麼說，也不知道會不會有用啦。」

陽乃對自己上一秒說的話一笑置之，接著拿起酒瓶，把剩餘的酒統統倒進杯子。完全搞不懂這個人到底可不可靠……

她收起笑容，飲盡杯中酒後，換上嚴肅的眼神看向雪之下。

「不過，最好做好暫時不會回到這裡的心理準備。」

「……我想也是。」

「咦？」

由比濱發出錯愕的聲音，陽乃苦笑著說：

「母親就是因為擔心雪乃，才會叫我來這裡。既然雪乃回去了，她怎麼會輕易放人呢？」

講白了就是監視。

不，也許該用「管理」形容。好吧，雪之下還沒成年，要說這麼做理所當然也沒錯。有確實監護子女才叫監護人。

「先把行李整理好。還有，記得跟母親說一聲。妳突然回去，家裡也需要做點準備。」

啊——老爸心血來潮回去探親時，奶奶也經常這麼念，然後做出一大堆飯菜把我們撐死。奶奶，就算我還年輕，胃的容量也是有極限的……

現在可不是回顧比企谷家庭生活的時候，問題在雪之下家。雪之下沉默片刻，乖乖點頭。

「妳說得對，就這麼辦。」

「那妳要回家……我就暫時住這好了。可以吧？」

「這裡本來就沒有我的私人物品，妳大可自由使用。」

雪之下毫不猶豫回答。陽乃故作正經地道謝。

「謝謝。因為要再準備東西太麻煩了。妳慢慢收拾吧。」

照她的說法，雪之下這次回去恐怕會待上好一陣子。這樣的話，不但要改變通學路線，生活圈也得完全轉移。就我這個男生看來，難免覺得「有必要那麼麻煩嗎？」但女生就是不一樣，得準備衣服吹風機保養品等等雜七雜八的東西。小町去旅行的時候，行李也總是很可觀。

儘管我不懂這方面的辛苦，同為女性的由比濱好像很理解。她舉起手來：

「啊！我也來幫忙。」

「沒關係，怎麼能這麼麻煩妳……」

「我完全不介意！讓我幫忙嘛！我超喜歡整理東西的！」

「可是……」

由比濱堅持要幫忙，雪之下不斷地客氣推辭，沒完沒了。雙方僵持好一陣子後，由比濱突然噘起嘴脣，低下頭。

「我也只幫得上這點小忙……」

這句話聽起來特別消沉。她自己大概也察覺到，趕緊抬起頭，無力地笑了幾聲。雪之下瞬間說不出話，似乎也感到內疚。

看到這一幕，我也覺得有點辛酸。對雪之下自己做出的決定指指點點，等同違背她的願望。

即使如此，由比濱想為雪之下做些什麼的心意，同樣相當可貴。那麼，我該做的又是什麼？

用不著多想，話就自然而然脫口而出。

「有什麼好客氣？這年頭無償勞力可是很珍貴的。最近不少黑心企業一踩線就會馬上被勞動局盯上。」

這種話完完全全就是比企谷的風格。這的確是先射箭再畫靶，先決定結論再編理由，但連我自己都覺得好像很有道理，說服力高達八成七。年輕人別計較薪水，上班打卡制下班責任制，表定週休二日（但並沒有說一週休得到兩天），啊啊……多麼棒的幹話。

然而，只有我一個人樂在其中。不意外！雪之下跟由比濱都板著臉，無言地看著我。

唯有陽乃笑了出來。

「喔，好像不錯。要不要乾脆在這邊過夜？雪乃回家後，應該就不能想過來就過來了。」

這句話實在很有姐姐風範，比平常的她更加溫柔。除此之外，話中還透出些許的憂傷。的確，雪之下回家的話，由比濱來這邊過夜的機會將跟著減少。光是這個理由，便使局面一點一點地改變。先前一直拒絕的雪之下，態度逐漸軟化。

雪之下稍微彎下身體，抬起視線看著由比濱。

「……可以麻煩妳嗎？」

她大概是不好意思請求對方，所以臉頰有點泛紅，話音也像蚊子聲微弱。由比濱臉上綻放出笑容，拍拍雪之下的大腿。

「嗯！那當然！」

「謝謝……」

不曉得是不喜歡被拍大腿，還是由比濱的笑容太直率燦爛，雪之下迅速道謝，移開視線，看向陽乃。

「……可是，由比濱同學要留宿的話，客人用的棉被會不夠。」

陽乃聽了，拍拍自己坐的沙發。

「只不過是一個晚上，我睡這裡就夠。而且，我大概會一個人一直喝下去。」

她晃著空空如也的酒瓶回答，雪之下嘆了一小口氣。

「……是嗎。那就這樣。」

「嗯。」

陽乃站起來，暗示話題到此結束。

「我去一趟便利商店，妳們需要什麼嗎？」

兩人搖搖頭。陽乃點頭表示了解，拎起掛在椅背上的外套，走向門口。我盯著她看的時候，時鐘進入視線範圍。差不多是告辭的時候了。

「那我也回去了。」

繼續待下去的話，連我都得幫雪之下收拾行李。這樣會像安達充作品裡的主角一樣，拿著女孩子的那種東西，發出「唔呼！」的聲音，搞不好還會順勢住下來。萬萬不可！否則我會變得跟達也和比呂（註6）一樣！而且，真要說的話，女生的房間讓人超級坐立不安，恨不得趕快出去……

我接在陽乃之後起身，雪之下跟由比濱也站起來，跟在我後面。看來是要送我離開。

我在玄關蹲下來穿鞋，陽乃則是直接套上涼鞋，先一步出門。這種時候也不會去配合別人，真是太棒了……

不過，我也不想跟她一起出門，在電梯裡度過尷尬的時光。所以，我故意放慢速度，拖延時間。

這時，背後伸過來一根鞋拔。

註6　皆為安達充作品裡的男主角。

「喔，謝啦。」

我接過鞋拔，轉頭道謝時，看見雪之下帶著愧疚的表情，放開鞋拔的手不知道要擺哪裡，最後抱住自己的胳膊。

「對不起，讓你們聽這些不著邊際的事情……」

她垂著頭低聲說道，我輕輕點頭。確實不著邊際，實際上也沒發生什麼重大變化。剛才只是確認了「雪之下要用自己的力量，將自己的決定付諸實行」這種理所當然的事而已。

「沒關係啊。這是必要的。」

不只是雪之下，對我而言大概也是如此。

我站起來用鞋尖在地上點幾下，確認鞋子是否穿好，再將用完的鞋拔還給雪之下。

「……謝謝。」

「我什麼都沒做。要謝就謝由比濱。好好收拾行李吧。」

她帶著淺笑向我道謝，害我有點不好意思，忍不住看向她身後的由比濱。由比濱把手舉到胸前，用力握拳。

「放心！如果是整理東西，交給我也沒問題！」

反過來說，其他家事就會有問題嗎……嗯，好吧，由比濱也不像擅長整理的人。不過，既然連不擅長的料理都逐漸克服了，其他事情也會慢慢學會吧。

儘管這些變化相當緩慢，一不注意就會忽略，我們正一點一滴地改變。

「我走了。再見。」

我握著門把，轉過頭道別。由比濱在胸前揮手，雪之下則把手舉過腰部，在不高不低的位置輕輕揮手。

「嗯。」

「路上小心。」

「嗯。再見。」

受人目送有點難為情。我最後再應了一聲，微微點頭，快步走出門。

× × ×

走出只有我一個人的電梯，電梯廳依然一片寂靜。

都這個時間了，不太會有人出入吧。

這一帶是安靜的高級大樓住宅區，隨著時間越晚，行人自然越少。我體會著這種感覺，步出電梯廳。

然後，看到一名穿著與高級住宅區不太相稱的女性。

是比我早離開的雪之下陽乃。

看起來軟綿綿的淡粉色條紋絨毛帽T明明是長袖，胸口卻微微敞開，修長的美腿從厚實的短褲伸出來。

外面隨便披了件外套的模樣，跟裝潢高級的大廳有點衝突，這種不協調感中卻蘊含危險的美感。

她本來就夠引人注目了，如此缺乏戒心的打扮會不會有點卑鄙……

雖然她不是我想積極接觸的人，對方已經站在大樓入口，我也不可能無視。重點是她笑著向我招手，除了乖乖過去外，我沒有其他選擇。

「……妳不是先走了嗎？」

聽見我的疑問，陽乃輕笑出聲，神祕兮兮地小聲告訴我：

「不覺得這樣有種約好見面的感覺，還不錯嗎？」

「……這叫埋伏吧。」

同樣是在等人，差別可是跟Aming和Yuming一樣大（註7）。不，仔細想想，「等人」和「埋伏」也只是心態不同，結論是一樣的。結果兩者都很恐怖……但最恐怖的是這位雪之下陽乃。她頭也不回地往前走，似乎相信我絕對會跟上去。這一帶最近的便利商店大概在車站前，我回家也得往那邊走，所以是沒關係啦……

我跟著陽乃走過高級大樓住宅區，來到開闊的大馬路，冬天的夜風迎面吹來。吹面的寒風令陽乃縮起脖子，把臉埋在外套裡。

註7　指岡村孝子、加藤晴子的二重唱組合和日本歌手松任谷由實。

接著，她好像注意到什麼，動動鼻子嗅了幾下，看著外套的肩膀皺起眉頭。怎麼了嗎……在我納悶之時，陽乃將手臂伸過來。

「嗯。」

她不太高興地嗯了一聲，站到我旁邊。近在身旁的手臂晃來晃去，不曉得在暗示什麼。

咦咦……是怎樣啦……

等等，冷靜點……要我牽她手嗎？咦？為什麼？想採集我的指紋？一定是這樣！高明的推理！難道我的 iPhone 要被拿去亂買石頭了嗎？不要啊！拜託妳別抽到五星才罷休啊！

我心中波瀾四起，不知所措地別過頭時，突然聞到一股菸味。

「……啊——味道嗎。」

「嗯。」

陽乃雖然有回應，心思卻沒放在我身上，抽回手又聞了聞。

這股菸味大概是她在店裡喝酒時沾上外套的。我在居酒屋打工的時候也遇過。說不定她剛才洗澡，就是為了把頭髮上的菸味沖掉。

吸菸的人自己早就習慣菸味，所以可能不在意，但是對不吸菸的人來說，菸味相當刺鼻。尤其是沾在陽乃外套上的這種菸，焦油含量相當高，很像以前昭和時代的重口味菸草。

如果是薄荷香或香草、水果香等女性接受度較高的細菸，倒還好一點。

……意思是，跟她一起喝酒的是男性嗎？

是男生嗎？應該是男生。會不會是男朋友？咦？真的假的？她有男朋友？不對，以她的年齡來說，有男友一點都不奇怪喔？但聽到這類消息時，不知為何總是有股莫名的辛酸，跟聽到聲優宣布結婚一樣。總之，拜託不要用【報告】當網誌標題，會有一堆人為此大受打擊，想躺到床上休息一下（註8）。

現在可不是受到打擊的時候。不對，我才沒有受到打擊！只是因為太出乎意料，嚇了一跳而已！我、我一點都不喜歡妳好嗎！

好險……萬一是跟我更親近的人結婚，真的會大受打擊。例如小町、小町，或小町，還有小町。

暫時逃離現實後，我恢復冷靜。不愧是小町，連突然的體溫升高心跳加速呼吸急促都能治，難道她是救心丹還是什麼靈藥？

回到正題。陽乃外套上的菸味這麼重，表示她在店裡待得頗久。我想她應該噴了除臭劑，但味道還是散不掉。

「……看來妳在店裡坐滿久的。」

「嗯。對方一直不放我走，差點得陪他到天亮。」

註8「我去稍微躺一下」為日本網路流行語。最早來自配音員日高里菜傳出緋聞時，粉絲於討論板的留言。

陽乃不耐煩地嘆氣。

「這、這樣啊。」

「陪到天亮」這詞超猥褻的。還以為《直播到天亮》（註9）絕對是情色節目咧。所以《天亮了！直播囉，一起去旅行》（註10）我也覺得色色的。

話說回來，又不小心知道了不想知道的事情……週刊八幡的八幡砲又炸裂了嗎（註11）？沒有啦，這次是打算放禮砲喔？咱們偶爾也會爆一些喜慶的八卦啦！現在可沒時間給我搬這種不曉得要講給誰聽的爛藉口出來。想到陽乃就是因為喝了那麼多，今晚才會出現這種態度，我反而要心懷感謝，沒道理受到打擊。

若是平常的陽乃，絕對會追究到底，現在她的表情卻神清氣爽。

我不時觀察她的臉色，所以落在陽乃身後。走在前面的陽乃「嗯——」地伸了個大懶腰。

「不過，幸好有早點回來，才能聽到雪乃的話。」

「……」

她放心地呼出一口氣，我不禁陷入沉默。

「嗯？」

註9《朝まで生テレビ》，日本深夜直播節目。

註10《朝だ！生です旅サラダ》，日本旅遊節目，中譯為《輕鬆自在逍遙遊》。

註11 出自日本八卦雜誌《週刊文春》重大爆料時的譬喻「文春砲」。

陽乃轉頭望向我，大概是好奇我為何沉默吧。

我輕輕搖頭，表示沒什麼。

「……沒有，只是有點意外。」

這次，她整個人轉過來，輕快地問：

「意外什麼？」

「就是……妳有好好聽雪之下說話。」

「這不是當然的嘛？我可是她姐耶。」

陽乃露出無奈的笑容。本來以為她會就這樣倒退著走路，結果她又轉回前方。

「如果小町有要求，你也會聽吧？」

「……是啦。妳這樣說，我就能理解了。」

換成我和小町的話，確實說得通。只要是小町的要求，而且是發自內心的，我肯定會無條件一秒答應。

看到小町的例子讓我無法反駁，陽乃笑了出來。

「對吧？既然雪乃做了這個選擇，無論正確或錯誤，我都會支持她。」

「如果她做錯選擇，不是該阻止嗎？」

「那孩子又不會聽。重點是，怎麼樣我都無所謂。不管進展順利還是被迫放棄，都沒有差別……」

陽乃呢喃道，我看不見她的臉。我有點在意她現在的表情，於是稍微加快腳步。

然而，我跟她的距離並沒有縮短太多，頂多瞥見她的側臉。不久後，我們步下橫跨馬路的天橋，進入公園小徑。

橘色的街燈在枯黃的草地上排成一列。

每走一步，街燈就在陽乃的白皙臉頰留下溫暖的光芒，以及冰冷的影子。我仍然看不清她的表情，如同方才有點矛盾，意義模糊不明的話語。

穿過茂盛的草地，踏上公園中央的步道，眼前立刻變得開闊。

來到沿著噴水池鋪設的林蔭道後，陽乃略為放慢腳步，仰望夜空。我跟著抬頭，看到天空掛著一彎弦月，其下是像雙胞胎一般並立的高樓，正發出淡淡的燈光。

陽乃輕盈地跳上階梯，回頭看著我。

「人類就是像這樣經歷許多放棄，慢慢長大的。」

「是嗎……」

世界逐漸縮小，肯定象徵著自己逐漸長大。不斷地刪除選項，削去各種可能性，才能刻劃出更明確的未來。

這點我也能理解，雪之下的抉擇可能也屬於這一類。

只不過，陽乃說這些話時，眼神似乎顯得落寞憂傷，令我有些在意。說不定是因為，她的語氣像是在講述其他人的事。

「……請問，妳也經歷過嗎？」

「呵呵，你說呢？」

她笑了一下。

「跟我沒關係吧。現在在講的是雪乃……那孩子大概是第一次把心裡的話說出口。你也在一旁好好看著她吧。」

這句話好比在暗示我不要出手。語調跟之前在電話裡說我溫柔的時候很像。

我對於「尊重雪之下的意見」本身沒有任何異議，這件事也不需要我插嘴提出意見。所以，我能夠點頭答應陽乃。

這大概就是我們期望的——被期望的心態。既然雪之下陽乃予以肯定，就不必雞蛋裡挑骨頭了。

「……嗯。」

陽乃也許是滿意我的回答，輕輕將手背到身後，挺起胸脯，一副開心的樣子。

「呵呵，又當了一次姐姐……」

「不考慮一直當個姐姐嗎？」

「才不要。」

我開玩笑地說，陽乃卻立刻回答。她轉過頭來，對我微笑。

「我跟你不一樣。你總是在當『哥哥』。」

「……這個嘛，因為我就是哥哥。」

說什麼廢話。我可是從小町出生的那一刻起，便一直在當哥哥的哥哥界老手。不用特別留意，此身就能隨時處於哥哥模式。我對此深感自豪。

陽乃緊盯著我的眼睛，突然笑出來。

「這樣啊，有哥哥真不錯。我也好想要這種哥哥～」

不曉得陽乃是否在開玩笑，她咯咯笑著，趁著醉意搭上我的肩膀。由於她整個身體靠過來，柔軟的觸感和香氣讓我在意不已。

「我說……發酒瘋不會受人喜歡喔……」

「我沒醉我沒醉。」

我試圖輕輕把陽乃推開，但她的腳步踉蹌，若即若離，就是不肯放開我。

走著走著，林蔭道來到盡頭，前面是通往車站的街道。

過兩條馬路就是購物中心。營業時間雖然已經結束，通往站前廣場的路還亮著溫暖的光。陽乃還搭著我的肩膀，我實在不想引人注目。

到達右手邊是車站，左手邊是便利商店的分岔點時，我好不容易擺脫陽乃，跟她拉開一步。

「那個……妳一個人回去，沒問題嗎？」

「喔，很溫柔嘛～不錯喔～真有紳士風度。」

她猛拍我肩膀，像是在說「是擅長溫柔對待女性的紳士朋友呢！（註12）」……哇～好煩人。我勉強控制反射性開始抽搐的臉部肌肉，露出不耐的表情。

「我並不紳士。我要直接回家。」

註12　出自動畫《動物朋友》之臺詞。

陽乃又高興地笑了。

「放心啦。」

下一秒，她收起笑容，語氣變得極為冷靜。原本迷茫的雙眸，閃過刺骨的寒光。

「那點酒怎麼可能喝得醉。」

就算她這樣說，我也不知道她究竟喝了多少。然而，她的聲音已經跟剛才不同，既不會顫抖，也不會突然上揚。我明白此人是一如往常的雪之下陽乃。

美麗、蠱惑，彷彿要令聽者陶醉再將其咒殺的聲音，她平常的模樣。

為了避免受到吸引，我也恢復平常的態度，嘆一口氣別過頭，用不在意對方是否聽見的音量，開玩笑地發出調侃。

「……聽說醉鬼都會說自己沒醉。」

「真的沒醉啦……說不定，其實是醉不了。」

這句輕聲呢喃讓我忍不住看回陽乃身上。她望向遠方。

陽乃的臉頰微微泛紅，眼神卻寒冷如冰；嘴角揚起，實際上卻根本沒在笑。

「不管喝多少酒，背後的自己總是相當冷靜。連自己是什麼表情都看得清楚。就算我又吵又笑，總有種置身事外的感覺。」

就連此時此刻也一樣。她的話中帶著好像在講其他人的距離感。明明是在講自己，說法卻非常客觀，主觀的部分模糊不清。所以，這段自顧自地、百無聊賴的話語，彷彿參雜著謊言與真實。

她發現我默默盯著自己，吐一下舌頭掩飾過去，藉由這個動作告訴我以上全是玩笑。

「……所以，我只會喝到吐，然後醉倒。」

「這是最爛的醉法吧……」

「沒錯。」

我跟著開玩笑般地回應，陽乃掩住嘴角呵呵輕笑，然後重新踏出腳步，逐漸走遠。我目送陽乃走向便利商店到半途，她又突然回頭。

她向我展露的笑容，透出一絲慈愛與同情。那恐怕是我至今看過最溫柔的笑容。

「不過，你大概也一樣……幫你做個預言。你醉不了。」

「拜託不要。我以後打算成為心不甘情不願被抓去喝酒的高級社畜，或大白天就拿老婆賺的錢吃吃喝喝的超級家庭主夫耶。」

我用讓人不快的得意笑容，還有以道別來說太過聳動的言詞回敬後，同樣踏出一步。

轉頭一看，陽乃還站在那裡，用比平時稚嫩的表情目送我。彼此之間相隔三步的距離感恰到好處，所以我忍不住多嘴了兩句。

「……還有，我還是覺得妳醉了。」

她竟然說了那種話，竟然對我露出宛如發自內心的笑容。這彷彿真正的雪之下陽乃出現在眼前，無論怎麼想，都是她喝醉了。

陽乃愣了一下。

「是嗎……這樣啊。好吧，就當我喝醉吧。」

她把手抬到嘴邊，遮住微微揚起的嘴角，率真地點頭。

陽乃揮手道別，我點頭回應後，轉過身去。

那個人一邊說「酒是敞開心扉的潤滑油」這種大謊，一邊拿酒精當藉口，又戴上一層面具。

到頭來，她明明從不顯露真正的自己，卻故意露出破綻。我始終不明白真正的她是什麼模樣。

若要說那矛盾的模樣，或是她處世之狡猾，這個人確實算大人吧。至少比我更加成熟。因為，她有辦法假裝忘記最後沒能吞進口中的東西。

夜色漸深，街道在寂靜的黑暗中沉睡。只有模糊的大樓燈光，以及等待載客的計程車燈尚稱顯眼。離開車站，喧囂也會跟著遠離。

在這樣的靜謐中，唯有一句話一直在耳邊迴盪。

醉不了。

我覺得，這個預言應該很準。

interlude...

喜歡整理東西是真的。

雖然一點都不擅長。

不過，我就是喜歡。

我喜歡把堆滿一地、亂七八糟、被丟著不管、亂到不能再亂的東西一樣一樣整理好。

因為在整理的過程中，會有種「這樣就好」的感覺。

家裡只剩下我們兩個人。商量該從哪裡開始後，她說要先去準備空紙箱和垃圾袋，便離開房間，我則獨自留下來等她。

我環視房內，這個房間非常整齊，感覺沒什麼多餘的東西，幾乎用不著整理，和我的房間不同。

唯有房間角落的床頭特別熱鬧。

那裡擺著布偶、貓咪商品，以及一些大概是她喜歡和覺得重要的東西。

在這間色彩單調，藍色、水藍色、銀色等冷色系格外顯眼的房間中，那個角落特別柔和、有女孩子氣。

我覺得很溫馨可愛，伸手撫摸上面的熊貓玩偶。

這時，我發現玩偶的身後有個塑膠袋，像是藏在那裡似的。

那是個四角形的黑色扁平袋子，跟可愛的空間有點格格不入。

再加上那個袋子有點眼熟，所以我忍不住伸出了手。

稍微打開一點縫隙，從中看進去。裡面有一張紀念照片。我也有同樣的照片。

以前跟家人出去玩時，坐那個遊樂設施拿到的。

明明知道最好不要看，我還是忍不住打開。

照片裡是兩個熟悉的人。

其中一個人有點驚訝、有點滑稽，可是，看起來很開心。

另一個人縮起身子、雙眼緊閉、躲在背後，手卻緊緊握拳。

啊啊，果然——我腦中只有浮現這個感想。

我一直很擔心他們當時有沒有把話說清楚。現在我真的覺得太好了。

不管是好好地珍惜照片，還是把照片藏起來，我都覺得她很可愛。

因此，我偷偷地將它塞回原本的角落。

忘記吧。

當作沒注意到。

雖然沒辦法當作沒發生過，至少可以忘掉。

她一定也是這麼打算的。

沒有裝飾起來，卻將它收進最珍貴的寶物庫深處。

不打算說出口，也不打算採取行動。

也許我可以直接問她，開她的玩笑。然後，笑著告訴她「我會為妳打氣，加油喔」。

可是，萬一這麼做，一切大概就結束了。

我說出口、問出口的話，她絕對會以「一點都不可能」否認到底，不肯繼續談這個話題，然後……就沒有然後了。

不承認、當作沒看到、當作看漏，讓事情就這樣過去。

當作沒發生過，忘掉它，最後失去它。

所以，我絕對不會過問。

詢問她的心意，是奸詐的。

表明我的心意，是奸詐的。

但我又害怕得知他的心意。

把錯推給她才是最奸詐的。

其實，我早就發現了。

有個地方是不容我踏進去的。我好幾次站在那扇門前，卻有種不可以進去打擾他們的感覺，始終只能從門縫間偷看偷聽。

其實我早就發現了。

我想進到那個地方。

就只是這樣。

所以，其實——

——我並不想要什麼「真物」。

3

冷不防地，比企谷小町正襟危坐。

冰冷的空氣使我醒過來。

我睡眼惺忪地望向窗邊，微微的晨光從窗戶照進來。家家戶戶的屋簷漸漸染成白色，反射出柔和的光。

今天的天氣微陰。尚未散去的晨靄就像我仍然模糊不清的思緒。

我翻身順便看時鐘。平常若是這個時間，我肯定嚇得立刻跳起來。不過今天是高中入學考的日子，學校停課一天，所以我得以順應朦朧的意識與沉重的眼皮，繼續睡回籠覺。

就在這個瞬間，前一刻想到的辭彙再度浮現腦海。

入學考！對喔，今天是小町的第二天考試！父母應該已經出門了，至少要有我送她出門！

我迅速彈起床，帶著「幹勁元氣起床氣（註13）！」的感覺乒乒乓乓奔出房間，砰咚砰咚衝下樓梯，忍著呵欠來到客廳，剛好遇到夢可愛（註14）的小町準備出門。心愛的妹妹遵守校規，把國中的制服穿得整整齊齊，最喜歡的髮夾也閃閃發亮。她一注意到我，便舉起手來。

「喔，早安。」

「早。」

我坐到餐桌前，看到桌上放著用保鮮膜包好的早餐及咖啡。這大概是我的早餐。

小町跟我打招呼後，又把視線移回書包內，做出發前的最後確認。不過，她似乎只帶了准考證和文具，所以拍打幾次後，書包便塌了下去。

看著她的書包又空又扁，我覺得有點感傷。這股寂寥感令我想到，入學考快要考完了。

筆試已經在昨天全部結束，今天應該只有面試，所以不需要帶書去抱佛腳。

而且，面試其實也不是很重要。千葉縣的公立高中感覺還是看重筆試。

因此可以說，第一天的表現便決定了結果。

小町身為考生的榜樣，想必早已把填上答案的試題卷帶回來對過答案。如果考得不錯當然最好，要是太在意自己答錯的地方而無法專心面試，哥哥可是不忍心看

註13《偶像時間星光樂園》女主角夢川唯之臺詞。

註14 夢川唯的口頭禪。

下去。

我擔心這點，決定委婉地詢問。

「感覺如何？」

我拿起咖啡杯輕啜幾口，同時努力以輕鬆、明快的語氣，輕描淡寫地問。

小町隔了幾秒才反應過來。她用食指抵著下巴，歪過頭陷入沉思。

「嗯……馬馬虎虎囉。現在擔心也沒用。」

含笑的聲音相當冷靜。

這種覺悟的確值得佩服。冷靜得有如得知世界末日即將來臨，搞不好跟被做成蠟像一樣冷靜，那就變成聖飢魔II了（註15）。無論如何，小町現在看起來很鎮定，我稍微放下心來。

只不過，冷靜不一定是由正面因素造成。

「而且，昨天的考試就差不多決定結果了。」

她苦笑著補充的這句話，聽得出些許不安。當人看破一切時，或許會在平靜中頓悟。小町現在表面上宛如風平浪靜的湖面，不過一陣微風似乎就會吹起漣漪。

所以，改聊其他無關的話題吧。就算這樣只是在逃避現實，逃避眼前的問題。揭露真相的正確方式，並非只有說之以理。

「……考完後，一起吃個飯吧。」

註15　指日本重金屬樂團聖飢魔II的單曲〈蠟像之館〉。

我在留著餘溫的咖啡裡大量加入砂糖及牛奶，調成不黑不白，我喜歡的褐色。

小町露出虎牙，咧嘴一笑。

「喔?不錯耶。」

「對吧?」

「嗯嗯嗯!」

我揚起嘴角，小町跟著拍起手，再把手貼在臉頰上，裝模作樣起來。

「有哥哥請客當獎勵的話小町可以再加把勁嘿嘿這樣小町是不是加了很多分數嘿嘿。」

「我沒有要請妳。而且剛才那分數應該很低吧……」

我的錢幾乎在昨天全用光了……不過就算有一半是開玩笑，如果能讓小町再加把勁，還是可以多少勉強一下。

「好吧，畢竟是跟妹妹的約會。區區餐費，本王幫妳付掉。」

我半開玩笑地裝闊氣，讓她見識王的財力。沒想到，此舉卻讓她的表情瞬間降溫。

「呃，約會的話，小町超不想去。但既然哥哥願意包餐包車，小町會忍耐。」

「不要啦不要啦別那麼認真……而且說什麼忍耐，這樣講我很難過耶。不就是個純情的哥哥風玩笑嗎……這種話我也只能對妳一個人說，有什麼關係……」

「哇，聽起來更噁心……」

我放聲痛哭，小町卻用超不耐煩的語氣再補一刀。這個人嘴巴真毒……還有，怎麼變成車馬費也要我出了……再說妳從哪裡學來包餐包車這種業界用語？到了想裝大人的年紀嗎？討厭啦～小町妹妹正一步步踏上大人的階梯……

我往旁邊瞥過去，小町呵呵笑著。她「嘿咻」地背好書包，晃了晃手機，朝門口走去。

「考完試後再聯絡吧。」

「嗯。等面試的時候想一下要吃什麼，當打發時間吧。」

我拐彎暗示她「別給自己太多壓力」，送她到玄關。至於她是否聽出言外之意，我都無所謂。

小町套好鞋子，踢踢地面確認是否穿好，接著轉回來看我。

「……嗯，知道了。」

她露出平靜又有點成熟的微笑。全世界就只有她不用我具體說出口或詢問，照樣能感受到我的心意——我明知道這是自我滿足，還是如此理解。

小町收起剛才的笑容，深吸一口氣，充滿活力地向我敬禮。

「那麼，小町出發了！」

「好，慢走。」

小町道別後，隨即轉身跑了出去。

好了，我也去網路上看看食記，準備出門吧。

× × ×

差不多接近中午的時候，我來到離高中最近的車站，在四處閒晃一下。

不曉得小町的面試何時結束。第二天的考程只有面試，面試過後即可離開考場。我不知道小町的准考證號碼，所以無法估計結束時間。不過，考生們現在也滿腦子想著考試的事，根本沒閒功夫在意什麼時候考完吧。

既然如此，我該採取的行動只有一個。

在高中附近埋伏。八幡要用 Aming 和 Yuming 看到都會退避三舍的方式等待小町。裝得這麼可愛，很有兩下子嘛（註16）。

話雖如此，像星飛雄馬的姐姐一樣躲在學校旁邊的樹後面，喃喃自語「小町……」等待她也不太好。具體上來說是對我的形象不好。比企谷家的兒子差點又～要鬧出會被登在左鄰右舍傳閱板的事件了。特徵是穿黑色衣服喔！我們未免太喜歡黑衣服了吧……

要是有人真的報警，事情會變得很麻煩，因此我決定去附近打發時間。

於是，我來稻毛海岸站旁邊的ＭＡＲＩＮＰＩＡ！我踏進現在改名成永旺的佳世客百貨，去書店逛一圈、隨便買幾本書後，到車站附近的薩莉亞開始真正地打發時間。還是薩莉亞最好！一個人去也沒問題！

註16 出自 Aming 名曲〈等待〉之歌詞。

除此之外，稻毛海岸的薩莉亞在站前大樓的二樓，可以看見馬路。看到許多穿國中制服的學生出來，就代表考試考完囉！

我說不定是在千葉打發時間的天才……我一邊震懾於自己的才能，一邊走到室外。

這裡地處海邊，灌進大馬路的風讓我冷得發抖。從室內到室外的溫差已經夠大，再加上這陣風……我圍好圍巾，把臉埋進去。

這時，眼角出現熟悉的身影。

在MARINPIA的入口旁邊，有一家靠馬路的Saint Marc咖啡。隔著玻璃面向外面的吧檯座上，有一條帶了點藍色的黑髮馬尾忙碌地晃來晃去。

我疑惑地看著那邊，那位馬尾小姐正在幫跟她一樣頭髮帶藍色、兩根辮子跳個不停的小女孩擦嘴巴，擤鼻涕，照顧得無微不至。

說到我有印象的小女孩，只有川崎京華一人。至於負責照顧她的……對啦，是川什麼的！

她們倆感情真好，跟某對姐妹差了十萬八千里——川崎姐妹溫馨的相處畫面，使我不禁看得出神。這時，我不小心和玻璃後面的水汪汪大眼四目相交。

京華張大嘴巴，指著玻璃另一側的我，嘴巴一開一合。天啊，這孩子怎麼這麼可愛……

現在可不是被京華奪去心神的時候。川崎也立刻發現我，跟我對上目光。

我們都輕輕點頭致意。

然後，彼此僵住不動。

安定的地藏時間（註17）。由於實在太地藏，別說供品了，搞不好還會有人奉上斗笠。這段地藏時間＝找尋時間＋片刻的思考時間，既然如此，用這段時間解謎也極為合理。

好了，問題來囉。在路上遇到同學的時候，該怎麼做才對？請搶答！答對七題者勝出，答錯三次就失去資格！7〇3×（註18）！

不過，沒必要答那麼多題。答案很簡單。

若是沒講過幾次話的人，最好是假裝沒看見。若不是感情特別好的同班同學，簡單打個招呼就好。若是感情很好的朋友——既然都那麼要好了，一定常常見面，那還需要特地停下來寒暄嗎？所以還是可以直接走掉。什麼嘛，也就是說不管在外面遇到誰，閃人就對了！

就是這樣，如果能順利閃人當然最好，但對方是川崎。我下意識考慮起我和她的關係，停下腳步。

大概是因為這樣吧，就算隔著一片玻璃，我也察覺到川崎同樣猶豫著。這種距離感好比在外面遇到自己養的貓。只要靠近一步，貓就會一溜煙地逃走。

註17　出自同作者作品《少女編號》。

註18　出自漫畫《猜謎王》，原作標題意為「7〇3×」。

進退兩難的狀況使我動彈不得。真想像堤真一那樣大聲求救（註19）。誰來幫幫忙——！

我在內心向 axa direct 求救，伸出援手的卻不是 axa，而是京華。

京華笑咪咪地對我拚命招手。假如是一般的邀約，我會用「有空的話」乾脆拒絕，但如果是小女孩的邀約，小弟在下我本人絕對義不容辭。

糟糕，對方還未成年！無論人家怎麼誘惑，只要監護人不同意，我就會被抓去關！

我瞄了一眼川崎，思考是否該徵求監護人的同意。川崎露出有點困擾的表情，跟京華說了幾句話，開始安撫她。然而，京華鼓起臉頰別過頭。川崎輕輕嘆了口氣。

她拿走放在隔壁座位上的東西，試探性地看了我一眼，嘴角動了動，微微開口，好像說了一句話。

看她的唇形，似乎是在問我「要來嗎？」可是她一下就別過頭，導致我沒看清楚。

好吧，既然您下達許可，在下感激不盡。去打聲招呼吧。石室詩士施氏嗜獅誓食十獅等級的招呼。

註19 出自保險公司 Axa direct 的廣告。

× × ×

一進入店內，我自然而然地發出感嘆。

通常會出現這種行為，主要是來自溫度與溼度，但我個人覺得應該是眼前燦爛的笑容。川崎京華 charming 的模樣就是如此 heartwarming。

「是八八——！」

「噢，好久不見。好像也沒有，我們之前才見過面。妳過得好嗎～」

我的體感時間是兩年沒見啦……我懷念地摸了好一陣子她的頭，京華笑著回答

「嘿嘿嘿～很好～」拍拍自己左邊的座位。

看來她要我坐那裡。

多麼聰明帥氣美妙的邀請方式……哈哈，我知道了。這傢伙是帥哥對吧？大家都說我對帥哥沒抵抗力，於是我乖乖坐到她旁邊。

不如說除了這裡，我也沒其他地方坐。因為坐川崎同學旁邊很可怕嘛！稍微碰到一下肩膀，人家就會內心小鹿亂撞！別這樣！拜託不要趁機找碴勒索我！好啦，我知道川崎不會勒索人，但她的臉色有時候真的挺恐怖的，不能怪我。

因此，我隔著京華這個非武裝中立區，開始與川崎對話。

「妳為什麼在這裡……」

我們之間沒什麼可聊的話題，所以要從切身的共通話題開始。而且，她們特地

在假日來到學校附近的永旺也很奇怪。在入學考的停課日，千葉的高中生要嘛在家閒閒沒事幹，要嘛去得士尼樂園大玩特玩……哈哈，我知道了，這傢伙是怪人。不過這樣說的話，我自己也半斤八兩……

不知川崎是否看出我的心思，她隨手指向剛剛從椅子上拿開，放到腳邊的購物袋。

「我們來買東西，然後在這邊休息……」

從購物袋的縫隙，看得見青蔥之類的食材。

不過，為何要在假日特地到這邊來？川崎家附近應該還有其他超市……我將感想換了個措詞說出口：

「喔——特地到這邊來啊。」

「我平常都在這裡買東西。」

川崎別開目光，扭扭捏捏地回答。旁邊的京華立刻舉起手。

「點數卡！」

她得意地大聲叫道，手上拿著印著狗圖案的卡片。

啊——是結帳時會發出狗叫聲的那張卡。京華的模樣真可愛。「京京……」川崎則是紅著臉頰小聲斥責，把她的手按回去。嗯，好啦，小孩子都會想按公車的下車鈴或拿卡片出來……看來在川崎家，是由京華負責亮出卡片。平常川崎應該都是去幼稚園接京華回家時，順路去買東西吧。

話雖如此，其他地方也有永旺，有必要特地在假日專程來這裡嗎？川崎大概看出我的疑惑，咕噥了一句補充。

「……順便來，找大志。他今天，考完試。」

她盯著窗外，沒有看我。

原來如此，這才是原因啊。之前聽說過，川崎的弟弟川崎大志也要考總武高中。她大概是太擔心大志，才忍不住跑到這裡。這個人是怎麼回事……

「妳的弟控情結很嚴重喔。最好早點去看醫生……」

「啊？你哪有資格說我？」

「嗚！」

被她狠狠一瞪，我嚇得縮起身子。我知道她是好人，但偶爾露出的銳利視線還是很可怕……

我縮著肩膀發抖，突然感到一陣寒意。

窗邊的座位好像吹不太到暖氣，外面的寒意似乎穿過玻璃進入室內。刺骨的寒意加上對話中斷的尷尬感，害我如坐針氈。

坐在一旁的川崎大概也一樣，視線在窗外、我和京華之間來回移動。我的眼神自然也飄向京華。

她雙手捧著兒童杯，滋滋滋地用吸管喝柳橙汁。果汁喝完後，滿足地呼出一口氣。

仔細一看，川崎同學的杯子早已空空如也。她是在等京華喝完的樣子。這樣的話差不多該道別了——在我思考之時，川崎往我身上瞥過來。

「嗯……那你呢？」

這個問題極為簡短，其中似乎藏著「我們差不多要走了」的言外之意。既然如此，我也該藉機委婉地告訴她我要離開吧。

「喔，我剛好想說去吃個飯。」

「這樣啊……」

川崎像是鬆了口氣。她看著京華，拍拍她的背。

「八八……呃，大哥哥說他要走囉。」

川崎察覺自己說錯，立刻改口。京華也叫我八八，所以我沒差啦。反而是「大哥哥」這個稱呼更難為情……我微微扭動身軀。這時，有人拉住我的袖子。

「咦——八八要回去了嗎？」

京華抬頭看著我，眉毛垂成八字形，看起來非常捨不得。原本揪著袖子的手變成緊緊握住。這樣我實在不好意思走……跟以後上班時絕對會被問的「這麼早就要走啦」一樣不好意思。

正當我煩惱著該如何是好，川崎皺起眉頭，散發出隨時會用低聲斥責京華的氣息。之前做點心時我也見識過，超恐怖的……

京華被罵未免太可憐，我決定先打個圓場。當避雷針和當平井堅都是我的專長

（註20）。不對，我的五官才沒有那麼深邃。

「……我打算去薩莉亞。要不要一起去？」

川崎瞬間睜大眼睛，嘴巴一開一合。

「什……什麼？不、不了……」

「我想也是。」

不出所料。早就有人在網路上說，女生討厭跟男生去薩莉亞。網路真是無遠弗屆，什麼樣的事情都查得到。

京華一臉悶悶不樂，我摸摸她的頭加以安撫，接著站起身。這時，微弱的聲音叫住我。

「……啊，等等──」

喔？我回過頭，看見川崎低著微微泛紅的臉，嘛嘴嘀咕道：

「……在、在這裡喝杯茶倒還可以。」

「咦？啊，遵、遵命。如果是喝杯茶……」

那句話太出乎意料，使我下意識地用敬語回應，不情不願地坐回去。京華歡呼著靠到我身上。

傷腦筋，完全錯失離開的時機……這樣一來，我也得點些東西。

「要喝什麼嗎？」

註20 避雷針（ひらいしん）與平井堅（ひらいけん）日文音近。

我起身時順便詢問。川崎猛然回神，迅速看向京華的手邊。
「啊，那麼，一杯熱可可……還有冰咖啡。」
「了解。」
跟自己比起來會先關心京華，真是模範好姐姐。我快步走向櫃檯，避免自己忍不住揚起的嘴角被看見。
三個人的餐點到齊後，我端著托盤回到木頭三夾板做的吧檯。
托盤上有剛才點的熱可可、冰咖啡、熱拿鐵，還有剛烤好的巧克力可頌。
我一回來，京華就用閃閃發光的雙眼盯著可頌，發出 Sonny 千葉（註21）似的感嘆聲。小孩子果然對甜食沒抵抗力。我也當過小孩子，所以對小孩子的心情瞭若指掌，換句話說，我根本是小孩 Master。
因此，我說出京華現在最想聽見的話。
「……要吃嗎？」
京華閃閃發光的雙眼瞬間轉為盯著我。呵，看來計畫成功了……我就像選舉前突然關心起老人安養和年金問題的政治家，是個能臉不紅氣不喘、輕鬆賺到好感度的男人。順帶一提，我也是藉此表現出對政治的關心，期待能跟下次總務省辦的十八歲選舉宣傳活動合作。親愛的總務省，你們有在看嗎？
京華對我的計謀一概不知，興奮不已。

註21　指極真空手道四段、少林拳法二段的日本動作男演員千葉真一，以呼吸法聞名。

「要吃——我喜歡八八了！」

她精神百倍地猛拍我的手臂。

「哈哈哈，是吧是吧。不過，這種些微的肢體接觸很容易讓男生誤會，不可以隨便對別人做喔～」

「知道了！我只對八八做！」

天啊，這孩子年紀輕輕，已經知道怎麼挑逗男人心了嗎？真可怕……全世界的男生聽到這句話，肯定都會當場被ＫＯ。要不了多久，京華將成為大屠殺等級的「男人殺手」名留青史……不過，第一個被刻在慰靈碑上的大概就是我自己。為了世界和平，得盡快處理掉這個女子力恐怖分子！正當我胸中熊熊燃起使命感，旁邊的隱性女子力恐怖分子嘆息出聲：

「你在亂教小孩子什麼東西啊……」

川崎扶著額頭，一副不爽的樣子。她把手從京華的背後繞過來扯我袖子，然後輕輕招手，在京華頭上把臉湊過來，壓低音量對我說：

「我說，你這樣不太好啦。」

「咦？」

什麼東西不好？我打算籠絡京華，將她培育成完美淑女的光源氏計畫嗎？我正在當個幹勁十足的哥倫布尋找夢想，歡迎來到這裡耶（註22）……

註22　出自傑尼斯偶像團體「光源氏（光GENJI）」的單曲〈パラダイス銀河〉歌詞。

川崎瞥了窗外還沒升到天頂的太陽一眼。

「中午都還沒到……」

「啊，喔——」

原來如此。小孩子食量小，現在吃點心的話，等一下會吃不下午餐。雖然不知道她們打算吃什麼，我都不忍給別人家添麻煩。用英文說就是 **no ninja**。

不過，為了提升小女孩的好感度，我特地買了這個巧克力可頌耶……該如何是好？這時我靈光一現，把巧克力可頌偷偷推到京華面前，對她小聲說：

「……那我們一人一半。別跟姐姐說喔。」

「嗯！不說！」

我豎起食指做出「噓——」的手勢，京華也模仿我。共同的祕密——或者說一起做壞事——最能讓大家團結一致。

「我都看到了好嗎……」

京華津津有味地嚼起分成兩半的巧克力可頌，我滿意地看著她。川崎則是不滿地嘆一口氣，不太高興地瞪著我。

「不要太寵她。」

「……偶、偶爾一次嘛。」

「什麼叫偶爾一次，你每次都這樣。」

「沒那麼誇張啦……京華是特例。還有小町。」

「……你沒自覺啊。」

細長的冰藍色雙眸射出的目光變得更加銳利。咦咦……她變得更冷淡了！我是不是該把川崎也包含在內？問題是不是出在那裡……真搞不懂女生在想什麼。這個問題跟「你知道我為什麼生氣嗎」一樣困難，根本是怎麼回答都絕對答錯的不可防禦技。

我不知該如何是好，開始不知所措。這時，川崎的表情瞬間一變，愧疚地垂下目光，像是要講什麼難以啟齒的事，開口說道：

「我很高興你願意陪京華玩。不過，得讓她學會忍耐才行……」

「是，非常抱歉……」

我反射性地道歉。剛生氣完就露出沮喪的樣子，太卑鄙了吧……這樣我還能說什麼……川崎大概也不打算繼續追究，彼此陷入沉默。

頭頂上突然安靜下來，讓京華疑惑地抬起頭。她不安地來回看著我們，臉頰上還沾著巧克力。

「不可以吵架喔？」

「沒有吵架。京京，頭轉過來。」

川崎溫柔地微笑，從購物袋裡拿出溼紙巾，幫京華擦臉。京華似乎因此放心下來，低頭繼續吃她的巧克力可頌。

好吧，川崎應該也不是真的生氣。這個人真的生氣會更恐怖……她跟雪之下或三浦互嗆的時候，我還以為是不良少女咧。

可是，現在她給人的印象溫和許多。

以前的她感覺會隨身攜帶木刀、鎖鏈、溜溜球之類的裝備，最近則漸漸轉換為購物袋、長蔥。這個人提購物袋的樣子，未免太搭了吧……

帶著跟自己相像的小朋友在 Saint Marc 打發時間，真的很有年輕媽媽的感覺。

也因為如此，跟她們在一起時，我也有種成為一家人的感覺。如果再開著 El-grand、Alphard 之類的單廂車，就會變成郊外的永旺常看見的景象囉。那樣的自己大概會喜歡航海王、火影忍者這種漫畫，在儀表板鋪白色軟墊，並且在後照鏡下掛麻葉芳香劑。

想像了一下，還滿難為情的。

京華吃得滿臉都是巧克力，川崎托著臉頰，拿著溼紙巾看著，我則是在一旁凝視她們。這個畫面讓人更加害臊。

繼續看下去實在太難為情，所以我將視線移向窗外。

看似國中生的學生經過咖啡店前。應該是面試完的學生陸續出來了吧。

川崎也注意到穿制服的學生。她像要放鬆肩膀般，吁出一口氣。

我懂她的心情。看到其他考生，我也會擔心起小町。這些人可以說是小町的勁敵，會成為她的阻礙，是否該趁現在處理掉他們——諸如此類的想法湧上心頭。

這樣的話，先除掉最接近的障礙方為上策！首先是在小町附近打轉的男生！沒錯，就是川崎大志！於是，我決定蒐集敵人的情報。

「大志考得怎麼樣？」

「……不知道。」

我忽然提問，川崎「嗯——」歪頭沉思。真意外，還以為這個弟控——更正，愛操心的姐姐會知道弟弟考得如何……川崎吸了下鼻子，愁眉苦臉地說：

「問的話，他只會不高興……」

「啊——到這個年紀了。」

我不是不能理解大志的心情。這並不一定是叛逆期。如果家人——不如說，正因為是家人——對自己極為私人的敏感問題問東問西，有時候的確會燃起一把無名火。

比如說，欠了多少錢或薪水多低這種負面事情，就算可以在跟朋友聊天時拿來自虐炒熱氣氛，卻對家人說不出口。之後家人用相當嚴肅的表情問「你真的沒事嗎？」一定難受得不得了。不想讓家人操心，以及得不到他們信任，這兩者加成之下，就會擺出「最好別來問我」的態度。

男孩子有時就是會這樣。我懷著天下母親的心情回應，川崎也帶著母親的表情點頭，接著說出一句讓人不得不注意的話。

「不過，他自己對答案的結果，大概有八成的分數。」

「妳怎麼會知道……」

天啊，果然還是做母親的略勝一籌。為什麼她們總能立刻發現兒子藏祕密書籍的地方？

再說，妳弟弟不是沒告訴妳嗎？這樣還會知道分數，也太奇怪了吧？我疑惑地看著川崎，她偷偷別開視線。

「不、不是啦。是京京她……」

「嗯，他說三百九十六分。」

京華似乎了解我們在談什麼，得意地挺起胸膛回答。

「喔……是京京聽到的啊。」

對姐姐難以啟齒的事情，在還小的妹妹面前，似乎會不小心說出口。不過，小孩子記這種事情倒是特別快。好厲害喔～對不對？我望向川崎，不知為何她又別過頭去。

「……而且，我、我們家不大，不小心就會看到。」

「啊，這樣啊。」

她自己肯定也看到了，絕對不會錯。用不著像右京先生那樣問「最後可以再請教您一個問題嗎？（註23）」就自己招了……

總之，現在已經知道大志的成績。通常自己對答案時，無論如何都會放水，所以實際分數再估低一點，少個十分吧。這樣的話，大概拿到七成多的分數。

註23　指日本長壽刑警劇《相棒》的主角杉下右京。

「有點不上不下……」

我以自身經驗說出有點負面的感想。看小町早上的樣子，那傢伙八成也考得差不多。藉由過去資料，可以算出大概的標準。

同樣考過總武高中的川崎也面色凝重地點頭，和我意見相同。

「嗯。所以之後要看競爭率跟校內分數……」

川崎的嘆息相當沉重。總武高中的競爭率，每年都在二點五倍上下。得到八成分數的話，基本上可以算勉強錄取。這樣的話，大志落在錄取與否的邊緣。

「念私立也無所謂，但還是要看他本人。」

大概是想到弟弟的分數落在危險地帶，川崎的表情有點煎熬。雖然我不知道他們家庭狀況如何，考慮到本人的心情，確實不好受。比起經濟上的問題，自己會先遭到否定、被烙上烙印。這個事實不會消失，會一直折磨他。長大後，他或許能一笑置之，但是對十五歲的小孩來說，家庭跟學校幾乎是人生的一切。被學校否定，家人也憐憫自己，是非常讓人心痛的。

尤其大志又背負另一種壓力。想到這裡，我知道自己不該多嘴，還是開口說道：

「是啊。考慮到明年的事，當然最好還是進公立學校。」

「啊？明年？」

川崎用「你有沒有在聽我說話？」的表情看著我。我有在聽啦。沒禮貌……我點一下頭，回應她懷疑的目光。

「嗯。妳不是想考國立或公立大學嗎？壓力挺大的吧，雖然我也不是很清楚。」

「我嗎？」

她納悶地歪過頭，京華也跟著模仿。兩個人的動作很像，使我的語氣帶進一絲笑意。

「不對不對。呃，也不算完全不對啦，但還是不太對。」

「……到底是怎樣？」

川崎非常不耐煩地瞪著我。哇，好恐怖。

「妳想想。以大志來說，自己考上公立的話，妳就有比較多的選擇吧？雖然我不確定。所以，他才無論如何都想考上。雖然我不確定啦。」

我劈里啪啦地解釋，其中不時穿插卸責的話。川崎眨了幾下眼睛後，突然笑出來，然後又別過頭去。

「……高中跟大學學費差那麼多。」

咦，是喔？這傢伙真懂。我毫不打算自己付學費，所以從來沒查過……假如我真的去查，可能會計算一堂課值幾萬元，發揮節儉的精神完全不蹺課。

「……不過，他確實有可能這麼想。」

川崎用手指轉著冰咖啡的吸管，溫柔地輕聲說道。她的語氣不再嚴肅，我的話匣子也打開了一些。

「對吧？我比誰都還要了解妹控的心情。」
「什麼啊，噁心死了。」
她說得很直截，語調卻很輕快。京華也有樣學樣，跟著說我噁心。
嗯，沒錯，的確很噁心。看見映在玻璃窗上、嘴角微微揚起的男人，我深有同感。

× × ×

穿著制服，經過店面的國中生越來越多。
我在陪京華玩耍之餘，不時和川崎漫無邊際地閒聊。
經過一段時間後，我的手機忽然發出震動。拿出來一看，是小町傳的簡訊。我簡短地回覆目前所在地後，很快便收到回音。而且，這個回音不是手機發出的震動，是「叩叩」的輕敲聲。我望向聲音來源——也就是正面玻璃，小町就在那裡敲著窗戶，對我揮手。
我招手要小町快點進來，她便踏著輕快步伐走進店裡，一進來就高舉雙手。
「考完了！耶——」
「耶——」
我也舉起雙手迎接小町，跟她互相擊掌。餘音還沒消失，小町又跳到川崎跟京華的面前。

「沙希姐姐和京華午安！耶！」

「耶！」

小町和京華流暢地打招呼再擊掌。她本來想順勢再跟川崎擊掌，川崎卻一臉困惑……不過她懂得看氣氛，配合小町微微舉起手。

「耶、耶……」

川崎似乎在害羞，從臉頰紅到耳根子，聲音也細不可聞。小町見狀，用力向後仰，退後三步。

「不行不行沙希姐姐聲音太小了！再一次耶——！」

「耶、耶——你妹妹是怎麼了？」

小町氣勢洶洶地要求重來，川崎這才豁出去，提高音量歡呼，然後馬上狠狠瞪過來。妳瞪我也沒用啊……儘管這麼想，妹妹造成的麻煩，哥哥得負責處理才行。

「對不起喔？她好像很興奮。小町，妳把這杯水喝了冷靜一下。」

我遞出杯子準備問她「水好不好喝啊？（註24）」小町笑咪咪地說：

「謝謝。可是哥哥喝過的水有點噁心，小町自己去買。」

她極為自然、華麗地無視我，一個轉身直線朝櫃檯走去。看到她對待我的方式，川崎呵呵笑了出來。

註24 在演唱會或談話性活動中，偶爾會有觀眾在表演者喝水時故意問「水好不好喝啊？」

「小、小町……」

我的哀號聲傳不進踩著小跳步遠去，還在途中哼起歌的小町耳中。哥哥超受傷的……特別是那個「有點」讓那句話更有真實性，哥哥好心痛……知道她多少有顧慮我之後，我不禁開始反省自己的平時生活……

我趴在桌上呻吟的期間，小町迅速點完餐，拿著冰拿鐵坐到我旁邊。

「……辛苦了。」

「嗯，累死了！」

我開口慰勞小町，她輕輕點頭，然後用飲料滋潤喉嚨，再「呼——」地吐出一大口氣。不只是面試，整個考試期間一直讓小町處於緊繃狀態，她彷彿要用身體表現終於解脫的喜悅，無力地癱到桌上。

京華驚訝地盯著擺出同樣姿勢的我們兄妹倆，喃喃說道：

「好像。」

「……咦？」

小町瞬間露出超厭惡的表情。京華見了，又感嘆地發出「喔喔——」聲。

「八八跟小町好像，你們誰違反『著作權』？」

「妳是從哪裡學來的……」

京華疑惑地歪著頭，川崎扶著額頭嘆氣。嗯，小孩子學新詞真的滿快的……

話說回來，小町剛剛為何一臉厭惡？好啦，其實我知道原因，所以不會問出口。連我自己都慶幸她不像我……要說的話，我比較像老爸，小町像老媽，兄妹共同遺傳到的大概只有髮質。但這傢伙放鬆下來或面露厭惡的時候，又突然變得很像……

我一邊想著，一邊仔細觀察小町的臉，她清幾下喉嚨，重新坐好，對京華露出淡淡的苦笑。

「嗯──因為是兄妹嘛……」

這句低喃似乎蘊含無奈或害臊。不過，她很快地將這些事拋到腦後，把高腳椅挪到京華旁邊。

「京華也跟沙希姐姐好像喔！一模一樣！將來絕對是個大美女──！」

「嘻嘻，小町也很可愛。」

大概是被誇習慣了吧，京華靦腆地道謝，回誇小町。小町開玩笑似的說「喔～很會說話嘛～」戳戳她的臉頰。

嗯……這種對話好有女孩子氣。

女生互誇的 give and take 關係太讚了。有種右臉被打就回揍對方右臉的感覺，我覺得 hen 可以。

假如有人誇自己可愛，就回誇對方可愛；有人說自己「我長好醜喔～」就安慰對方「沒這回事啦～妳看我才真的又醜又肥（死亡）」；遇到國中時期的同學時，就把眼睛跟嘴巴張超大，拉著對方的手臂「咦？是妳嗎？真的假的！超久不見了耶～

下次一起去玩吧」訂下永不實現的約定；遇到看似女生的生物，先附和幾句「我懂我懂」就對了。我自己認為是這樣的。

京京也是這樣嗎？是嗎？我瞥向跟京華長得一模一樣、不久前被小町讚美的川崎，她支支吾吾半天，害羞到最高點。嗯——這樣會被女性社會排擠，也不能怪別人。美女做出那麼可愛的反應不太好喔。川崎一家真的敲口愛。

我看著川崎的側臉，她似乎也不甘示弱地輕咳一聲，回敬我和小町。

「你們感情還是一樣好。」

這句反擊彷彿是要掩飾害羞。小町下一秒立刻高速地搖搖手，擺出認真的神情回答：

「不，沒這回事，根本不可能。」

「小町，可不可以不要否定得這麼用力？」

結果，這次她把手貼到臉頰上裝可愛，露出燦爛笑容。

「老實說他有時候超煩的♥」

「嗚……」

這句開玩笑般的話刺進我的心中，莫非她是認真的？我啞口無言，「咻咻咻——」吐出微弱又斷斷續續的氣息。川崎看我們這樣，輕笑出聲。

「我們該走了。還得回家做飯。」

川崎望向窗外。太陽逐漸升高，時間將近中午，大志應該也考完了吧。京華再度垂下眉梢，不滿地嘆氣。

「咦——」

「大大在等我們喔。」

「唔——」

川崎輕撫她的背，這麼說道，京華才盤著手，心不甘情不願地點頭。

「那就沒辦法了。」

川崎因京華的反應露出苦笑，幫她穿上外套，圍圍巾，戴手套。準備完畢後，對我和小町點頭致意。

「再見。」

我也點頭回應這極短的道別。

「嗯，再見。」

「下次見！京華拜拜！」

「拜拜——」

京華精神百倍地對我們揮手，跟著川崎走向車站。目送她們離開後，我轉頭看著小町。

「我們也去吃飯吧。想好要吃什麼了嗎？」

「嗯，小町趁閒暇之餘想了一下……」

小町點了點頭，沉默片刻，然後發出「嘿嘿嘿」的笑聲，得意地說：

「想到鰻魚飯三吃（註25）。」

原來是冷笑話……算了，這次看在她可愛的份上，就不打分數了！

「不過，鰻魚啊，好像不錯呢……搞不好馬上就要絕種，再也吃不到，現在吃正是最有高級感的時候，親手讓牠絕種的感覺真帥……」

「哇，好差勁……因為這種理由被吃的鰻魚一定死不瞑目……啊，可是可是，現在日本不是可以完全養殖嗎？小町之前看新聞說的。」

小町為了應付面試，最近看了很多值得注意的新聞。可惜妳還是太天真了！

「我看是辦不到吧。」

「為什麼？」

「現在的日本人都不生育，國家邁向少子高齡化，沒空養鰻魚啦。」

「喔，社會派～」

我得意地說，小町像眼鏡蛇（註26）一樣「咻～」地吹口哨，比出「中肯」的手勢。這種感覺還不錯。

「這麼一想，鰻魚應該不會輕易絕種。日本產的天然社畜在血汗的勞動環境下都存活下來了。搞不好比起社畜，日本人更重視鰻魚咧。」

「這樣兩種最後都會滅絕吧……」

註25　閒暇之餘（ひまつぶし）與鰻魚飯三吃（ひつまぶし）音近。

註26　漫畫家寺澤武一的作品《眼鏡蛇》的主角，驚訝或感動時習慣吹口哨。

真的。鰻魚和社畜都是生物喔？逮到機會就評論一下日本的勞動環境，表現出對政治的關心，將來要跟總務省辦的十八歲選舉下略。小町無視我的野心，歪過頭沉吟。

「嗯──不吃鰻魚也無所謂啦。之前小町才跟爸爸媽媽去吃過……」

「是喔……」

為什麼要無視我邊緣我遺忘我？我也想為鰻魚絕種貢獻一分心力耶？好吧，我最近都很晚回家，所以不能怪他們。

是嗎，你們三個一起去吃了鰻魚啊……

再說，我的經濟能力也比不過雙親。還是捨棄高級美食路線吧。

這樣的話，應該反過來利用我專屬的長處犒賞小町。

只有我辦得到的驚喜啊……仔細想想，好像也沒有。我能向別人炫耀的，大概就是有個全世界最可愛的妹妹。現在要犒賞的對象就是小町本人……怎麼辦，傷腦筋……

「乾、乾脆這樣好了。要不要出去玩？考完試後要好好地活動身體。我們可以去找戶塚打網球，或是跟戶塚出去玩。」

我煩惱了一會兒，「咪空──！（註27）」地得到天啟。喂喂喂，我是天才嗎？犒賞全世界最可愛的妹妹的方式，當然是跟全世界最可愛的朋友玩啦！我看我是贏定

註27 遊戲《Fate》系列中角色玉藻前的臺詞。

了！贏了吧，嘎哈哈（註28）！

然而，小町露出有點為難的表情。

「嗯……這有點……」

她小聲地說，用手指比出小小的×。

「是，是嗎？哥哥是想好好地慰勞妳……」

我不想放棄跟戶塚一起玩的美夢，卻又沒勇氣突然約戶塚出來，因此我又凹了一下小町。可惜她還是搖搖頭。

「還不知道結果，所以不用了。」

「喔、喔，這樣啊……」

不符合本人期望的犒賞毫無意義。小町的意見最重要。既然如此，該如何是好……正當我陷入沉思，小町拉了拉我的袖子。

「嗯，所以說，只有小町跟哥哥兩個人的話……不是正好？這樣小町是不是加很多分數……」

小町的視線飄向其他地方，如同要掩飾自己微微泛紅的臉頰。如此楚楚可憐的模樣，害我不小心問出不必問的問題。

「我是沒差……可是妳這樣就好嗎？」

小町面向我，正經地點頭。

註28 出自同作者作品《少女編號》主角烏丸千歲之口頭禪。

「嗯嗯。這樣省錢省事又方便。」

「這算是在誇我嗎……」

既然小町如此希望，我該做的事只有一件——提出兄妹兩人能玩得最開心的計畫。

「好，那要去哪裡？LaLaPort、LaLaPort，還是LaLaPort？怎麼都是LalaPort？現在那裡有只賣MAX咖啡的自動販賣機喔！去那邊買M罐吧。絕對超好喝。」

「不管在哪裡買，味道不是都一樣……」

小町一掃先前的楚楚可憐，晃著手指，一臉無奈地告訴我：

「不用弄得太盛大，也不用做什麼特別的事。」

「喔？意思是——」

我探出身子，等待小町的答案。她深吸一口氣，重重地吐出來。

「小町想回家做家事！」

「咦咦，什麼鬼……」

莫名其妙。唉～搞不懂搞不懂……我感覺到沙帕里妖精（註29）在旁邊飛來飛去。小町不理會我，逕自站起來。

「就是這樣。買完東西就回家吧！」

註29 出自《咕嚕咕嚕魔法陣》，拿著扇子不斷說「唉～搞不懂搞不懂」的妖精。「沙帕里（さっぱり）」為一頭霧水之意。

向大賣場。

「……好喔。」

不管怎麼樣，讓小町做想做的事就是我的幸福。我跟著起身，追隨她的背影走

× × ×

買完東西回家後，小町馬上開始做家事。

打掃洗衣自不在話下，她還俐落地準備起晚餐。前一秒還聽見富有節奏感的切菜聲，下一秒便換成嘩啦啦的流水聲，以及洗餐具的聲音。小町能一邊煮菜一邊打理其他事情，如此高明的技術，實在令人讚嘆。

這段期間，我窩在暖被桌裡，撫摸趴在大腿上的愛貓小雪。我摸牠的方式，乍看之下有如邪惡組織的首領。

我呆呆地看著小町忙得不可開交，不禁產生自己也該幫點忙的念頭。

「要不要幫忙？」

我問待在廚房的小町，她卻丟來一句冷淡的回應。

「不必，不用。哥哥待在那邊就好，不要幫倒忙。」

「好過分……」

我把臉埋到小雪的背上啜泣。小雪不爽地回頭看過來，小町也不耐煩地說：

「誰教哥哥做事隨隨便便，做完菜也不會整理乾淨。」

「……嗯，對啦。我不會。因為很麻煩……對不起，小姑。」

「誰是小姑。小町就是小町。」

她不滿地發出抗議，用力轉緊水龍頭，用圍裙擦著手走回客廳。大概是差不多準備好了吧。

「而且，這是小町自己想做的，所以沒關係。用功期間一直沒空做家事，大掃除也做得馬虎。」

她用熱水瓶泡起咖啡。儘管是即溶咖啡，馥郁的香味仍然挑動我的嗅覺。我聞著咖啡香，小町拿著兩只杯子走過來，坐到斜對面，遞出其中一只杯子。

「……而且，小町還給媽媽添了不少麻煩。」

她看起來有點內疚。我接過杯子，輕聲道謝後，將心中所想說出來。

「別擔心。妳平常幫了那麼多忙，媽不會在意啦。妳想太多了。」

「嗯……好吧，或許是這樣。可是他們兩個都很忙耶。」

小町露出無奈的笑容，似乎還沒完全釋然。

事實上，老爸老媽確實很忙。不知從何時開始，我和小町都會盡量幫忙做家事。

小町還小的時候，我就算有點笨手笨腳，也包下了大部分的家事。在小町升上小學高年級時，她的家事能力已經輕易地超過我。在那之後，家事便主要交給小町負責。也因為如此，我的家事能力停留在小學六年級程度。

想到這裡，我不禁感到自責。我讓妹妹承受了許多負擔啊……隨著小町準備考高中，再加上雙親在結算期前的工作量繁重，無所事事的我更應該多出點力。

「……抱歉，我也很想幫忙。只是，妳懂的。」

我吞下苦澀的咖啡，話語也染上一絲苦澀。

別誤會，我真的有想幫忙喔？不過，那個、事情做不好還硬要幫忙，老媽會生氣……

我一做家事，老媽就會用小町剛才的話念我。做點家事不成問題，但我達不到她的要求。外加我最不擅長的就是打掃，會像早期的掃地機器人一樣，繞圓圈打掃四方形的房間……

因此我改變心態，與其給家人添麻煩，不如什麼都不做。但是，對於要應付考試的小町還是有點愧疚。

然而，小町好像不怎麼在意，咯咯笑著。

「沒關係啦。這是小町的興趣。」

「做家事嗎？」

小町用手指抵著臉頰，歪頭思考。

「嗯……算是吧。不如說寵哥哥是興趣？嘿嘿。」

她說完後，還可愛地笑了一下。

「天啊我從妳身上感受到母性，好想被妳照顧。真是太棒了……完全勝利。小町媽媽……」

真想在心中吶喊「小町媽媽──」我根本已經說出口。小町一臉厭惡。

「好噁。哥哥有病。」

「少囉嗦要妳管。妳自己還不是有那種興趣。」

「對吧對吧？分數很高吧？」

小町得意地笑著，連連用肩膀頂我的手臂。並沒有在誇妳好嗎？

我斜眼瞪過去，小町則予以無視，閉上眼睛，將手放到平坦的胸部上，神情恍惚地發出陶醉的嘆息。

「啊～一想到小町親手讓人變廢，就覺得全身舒暢……」

「妳那才叫有病。」

小町吐舌眨眼，敲一下自己的腦袋。多虧那做作的動作，我明白她是開玩笑的。

我們笑著笑著，小町突然恢復認真的神情。她盯著杯內咖啡的波紋，緩緩開口：

「……不過，小町是真的喜歡做家事。」

「喔？」

「怎麼說呢？現在的小町跟要讓哥哥照顧的時候不一樣，學會做很多事了。」

我斜眼看著小町，她則是將視線移向遙遠的窗外。

「小町也有做得到的事，派得上用場……」

此刻的她完全沒有平時的稚氣，清澈的雙眼散發成熟的氣息。

「……這種感覺還不錯。」

最後那句話有點像在開玩笑。露出靦腆害羞模樣的她，是我所熟悉的小町。

我想，年幼的小町一定嘗過我所不知的焦慮。從本來應該盡情撒嬌的年紀開始，雙親就經常不在家，家裡只有一點都不可靠的我。即使如此，小町雖然會抱怨，還是跟我一起走過這段時間，不知不覺甚至還反過來照顧我。

「豈止是不錯，妳能幹過頭了。」

這個妹妹真的太能幹了，而我這個哥哥則是太沒用。我發自內心這麼覺得，小町得意地挺起胸脯。

「因為小町很努力嘛。有個沒用的哥哥，危機感會大幅提升！」

「對吧？我是不是最棒的負面教材？又不小心讓妳成長啦。記得好好感謝我。」

所以，我也撥了一下瀏海，仰頭得意地回應。沒想到小町真的點了點頭。

「嗯，小町很感謝哥哥。」

「咦？」

等等，突然這麼坦白，我反而不知道該怎麼辦……妳的反應是不是不太對？我忍不住盯著小町，她清清喉嚨，移開目光，用超快的速度咕噥道：

「其實這種話還是考上後再說比較好，不過等到那個時候再說也滿難為情的，落榜的話又沒那個心情，所以只能現在說……」

她講了一連串開場白，爬出暖桌。

然後端正地跪坐，兩手放到大腿上。

小町挺直背脊凝視著我，害我驚慌失措。窩在腿上睡覺的小雪也醒來，快速遠離我。

「妳要做什麼？」

小町不受我們的影響，嘴角漾著清爽的笑意。

「哥哥，謝謝你。一直以來受你照顧了。」

她鄭重地三指貼地，慢慢對我行禮。

我忍不住停止呼吸。思考也隨之停滯。原因不只是小町的行為完全出乎意料，她的動作美麗得跟平時判若兩人。我想我大概是看呆了。

我發現自己目瞪口呆，急忙思考該說些什麼。

「……妳是念書念到傻了嗎？別這樣，好難為情。」

「嘿嘿嘿。就是想說說看這句話。小町覺得分數挺高的。」

小町摸著後頸，開玩笑似的說。不過她的臉頰紅成一片，實在騙不過人。

笨蛋，會害羞就別說啊，害我也跟著不好意思。還有，要騙人就好好騙到底，掩飾害羞的時候也要好好地掩飾到底。哥哥可是這方面的老手。

我決定親自示範給她看，開口說道：

「分數才不高，而且弄得像是要出嫁。我絕對不允許妳嫁出去。還有……真的，別──」

話還沒講完，聲音就卡在喉嚨。

我感到一陣鼻酸，呼吸變得異常沉重。

原本連珠砲般的話音突然變得沙啞，再也接續不下去，剩下止不住的呼吸慢慢從口中冒出。

發熱的眼眶冒出刺痛，我眨了一下眼睛。下一刻，透明的水滴滑落臉頰。

「奇怪……眼睛怎麼冒汗了……怎麼回事？為什麼會這樣？」

我反射性地看向天花板，輕輕咬住嘴脣，自縫隙間吐出顫抖的氣。小町略顯驚訝地睜大眼睛，然後輕笑出聲。

「哥哥，那是眼淚。怎麼好像第一次產生感情的機器人？」

「遮揪師，眼淚……遮揪師，感情……」

「為什麼連說話都模仿機器人……」

沒辦法。要是不打哈哈，我真的會哭出來。

我不悲傷也不心痛，當然也不是眼睛痛，只是太高興了。

同時，我也感覺到一抹近似放心的寂寥。

這股情緒很難轉化成言語，我只能像不悅的狗低聲嗚咽。

小町看我低著頭說不出話，無奈地笑笑，輕擦一下眼角，再用那隻手伸向我的頭，輕輕拍了幾下，低聲說道：

「小町去燒洗澡水。哥哥先洗。」

她的話音似乎也有一點哽咽。小町吸了吸鼻子，默默起身，頭也不回地快步走出客廳。

聽著她逐漸遠去的腳步聲，我終於吁一口大氣。我一句正常的話都講不出來，取而代之的是聲聲嘆息。

這時，剛剛鑽去房間角落的小雪回來，用頭蹭我的背。

真是一隻會察言觀色的好貓，不知道是像誰。

我抱起小雪，放回腿上。

「……這就是所謂的長大獨立嗎？小雪老師，你怎麼看？現在畢業會不會太快了點？」

小雪吭也不吭一聲，只是默默地讓我撫摸。

反而是我的鼻子抽了一下。

4 直至今日，他從未碰觸那把鑰匙。

二月，青草尚未萌芽。

雖然偶爾感覺得到春天的氣息，氣溫還是經常驟降，只有月曆上的季節即將改變。在冬天枯盡的樹木，還得等一段時間才會冒出新芽吧。河邊的公園和林蔭道也是，眼前的景色冬意猶存。

此外，我上學騎的自行車道也因為寒冷的海風，冬天的氣息格外濃厚。

連日的假期以及小町的道謝，讓我有點鬆懈下來，但拍打在臉上的冰冷空氣使我清醒了些。三天的考試假結束，我深深體會到自己回歸日常生活。

身體似乎也還算適應。畢竟是騎了近兩年的路，即使放空思緒，來到該轉彎的轉角、該停下的紅綠燈時，都會自然而然地採取最適當的行動。

再經過一年，能否練成閉著眼睛都騎得到學校的境界？不對，正確地說是「只剩下一年」。也許在久遠的未來，我會在懷念之情驅使下，心血來潮回來晃晃。但是，我能稱這條路為「上學路」的時間，只剩下最後一年。

無論何時，無論發生什麼事，無論身在何處，都有僅存在於當下的事物。連日復一日東升西落的太陽也一樣。若將日出分成初日之出或御來光（註30）之類的區別，賦予特殊意義，就不再存在永續性。

這一點或許也可以套用在人與人的關係上。我跟小町的兄妹關係，本身是不變的事實。不過，意識到「我們不再是小時候的自己」，可能會使雙方的關係產生些許變化。

我們會變成稍微成熟一點的兄妹。畢竟，經過這十五年的相處，我和小町都很明白，這樣並不會讓我們產生什麼重大改變。

我跟小町是家人。大概這樣就行了。這點只能請她認命，一輩子陪伴我。一輩子陪著哥哥，在地獄裡生活。

——那麼，除此之外的人，可以陪我多久呢？

想著想著，我已經騎到學校的側門。

我緩緩減速，穿過行人和自行車之間，然後轉動把手，滑進空著的自行車位，按下煞車。車身發出嘎吱聲。

鎖好自行車後，我不經意地抬頭，發現空位比想像中還多。

註30「初日之出」指元旦的日出，「御來光」為在高山看見的日出。

走向校舍入口的路上，我不斷納悶「腳踏車停放處有那麼大嗎？」

連假結束後的首個上課日，路上的學生還有點興奮，一邊走一邊愉快地聊天，聲音也比平常還大。

多虧他們，我剛才的疑惑有了答案。

現在剛好是高三生準備大考的關鍵時期，可以在家自習。大部分的學生選擇不來學校，才使得腳踏車停放處那麼空，校舍一、二樓也頗為冷清。從大門口到樓梯途中經過的教室，每一間都空蕩蕩的。因此，其他人的聊天聲顯得更響亮。

沉寂、冰冷、寧靜的氣氛帶來不安，學生們的話才會特別多吧。

想到這裡便不禁覺得，他們的嘈雜聲有股寂寥感。

不過，爬上二年級教室位在的三樓，喧囂聲開始溫暖起來——不如說吵死了！

我對你們怎麼度過這三天連假沒興趣，給我閉嘴！還有，別再拿手機互相分享照片！你們不是早就把那些照片傳上社群網站了？那你的朋友也都看過，然後反射性地點讚，下一秒就忘記。啊，所以現在才要秀給人家看？對不對！哎喲，不錯喔！準備得真周到！毫無破綻的兩段式架式（註31）！

我努力地在擠滿走廊的 Instagrammer 之間穿梭時，背後傳來輕快的腳步聲。我往右邊讓開半步，讓對方先過，對方卻拍了一下我的左肩。

「八幡！早安！」

註31　出自《神劍闖江湖》中對劍術流派「飛天御劍流」拔刀術之形容。

我回過頭，看見光芒壓過ＩＧ上所有照片的尊容——在學校運動服外面穿著風衣的戶塚彩加。

「早、早早……早安……」

我好不容易擠出聲音，戶塚大概是見惡作劇成功，露出淘氣笑容，用調侃的語氣小聲問我「嚇到了嗎？」我只能停止呼吸頻頻點頭。討厭！你這個擅長捉弄人的戶塚同學（註32）！

沒有啦，我確實嚇到了喔。這傢伙為何如此可愛？用過長的風衣袖口掩嘴微笑，女子力未免太高了吧？喂喂喂，別上傳什麼在代官山或中目黑賣的時髦連帽外套的照片啦，快來看看什麼才叫女子力，各位女生麻煩反省一下。總之，先在內心的ＩＧ瘋狂按讚！

在我十六連按（註33）的期間，心跳恢復正常，呼吸也平息下來，有心力觀察戶塚了。

稍微偏長、光滑柔順、反射銀白光芒的柔軟髮絲有點凌亂，重新背好球拍的動作敏捷俐落，笑容燦爛清爽，氣色很好的臉頰泛著淡粉色。嗯，看來是晨練結束後急急忙忙趕過來的。

戶塚的身上散發爽身噴霧的柑橘清香。他大概覺得這樣才符合禮儀。既然如

註32　惡搞自漫畫《擅長捉弄人的高木同學》。
註33　惡搞自日本知名遊戲玩家高橋名人。手速極快，以一秒鐘可以連按十六下按鍵聞名。

此，大口吸入這股芳香、儲存在胸口，讓紅血球送到身體各個角落，才符合紳士禮儀。我深吸一口氣，在吐氣時順便開啟話題。

「晨練辛苦了。你真厲害，天氣這麼冷耶。」

「嗯。不過我已經習慣了。」

戶塚配合我的步調，笑容可掬地回答。比起謙虛，他的語氣含有更多自信。

「新生馬上就要進來，得努力表現給他們看。」

他在胸前握拳，幫自己打氣的模樣真是可愛、可靠、楚楚可憐、讓人會心一笑，其他所有包含正面意義的形容詞大概也都可以拿來用。結果，語文程度瞬間歸零的我只能用感動得泛淚的眼神凝視他。無須任何言語……然而，戶塚大概覺得我不說話，一直盯著自己看很奇怪，他疑惑地歪過頭，抬起視線看過來。

「你們要怎麼招新生？」

「啊？」

被問到意料外的問題，再加上不小心看得恍神，導致我發出錯愕的聲音。戶塚似乎覺得自己表達得不夠清楚，比手畫腳地補充說明。

「侍奉社也算是社團嘛。沒有新生加入的話，你們要怎麼辦？」

雖然對侍奉社是否為社團這點存疑，我還是思考起戶塚的話。

「不曉得耶……我這個打雜的不會知道。再說，我連這個社團是怎麼創立的都不知道……當初是被綁架監禁然後威脅入社的。」

「啊哈哈，這樣啊……」

「所以，可能不會有新人加入吧。」

原本面露苦笑的戶塚聽到這裡，默默地垂下目光。

「是嗎……有點可惜。」

沒有新生加入，代表侍奉社不久後就會消失吧。我重新意識到這個理所當然的事實。我踏出一步，走到戶塚前面，藉以藏起自己的表情，再刻意疲憊似的嘆一口氣。

「我也覺得很可惜……真想像個學長，對學弟說一次『累的人不是只有你，大家都是這樣走過來的』，或『連這裡都待不住的話，你到哪裡都待不下去』……」

「好、好討厭的學長……」

我感覺得到背後的戶塚露出些許苦笑。

「啊，我不是要說這個！我的意思是，侍奉社是很棒的社團，希望它維持下去……」

戶塚追上來，與我並肩而行。他抬頭看過來的視線中，蘊含對我的擔憂。

「……哎，要看社長和顧問怎麼決定囉。我是打雜的，沒有決定權。」

所以，我講出百分之百的實話。

戶塚輕笑著說：

「這種講法好像上班族。」

他的語氣有點像在開玩笑。可是，這麼說或許是對的。

至今以來，我的立場都是這樣。工作以委託或諮詢的形式落到頭上，往往會伴隨問題課題難題，而我則在能力範圍內予以解決。這跟我本人的意志不太有關。因為這是工作──我習慣性地把這句話掛在嘴邊。

因此，我的回應也參雜了幾分自虐。

「對吧？聽說出社會以後更辛苦。那也太可怕了吧？我死都不想出去工作。」

我們聊著聊著，來到教室後，彼此輕輕揮手，走向自己的座位。

託暖氣的福，教室比走廊溫暖一些，室內瀰漫著一股閒適的氣氛。相較於門邊得承受從門縫鑽入的寒風，靠窗的座位則享受得到電暖器，使這一區的學生大多懶洋洋的。坐在前排靠窗座位的川崎沙希甚至撐著臉閉起眼睛，看起來像在打瞌睡。

至於後排靠窗座位的那群人，還是老樣子精力十足。先前的做點心活動圓滿落幕，他們再次以戶部為中心天南地北地閒聊，聊得樂不可支。

那場活動是否也讓他們的關係產生了變化？三浦優美子捉摸不了正確的距離，但還是緩緩地接近；海老名姬菜跟他人保持適當的距離，同時也有所前進；至於戶部翔……不重要。反正當時的他看起來很開心，再加上又是戶部，所以無所謂啦。

至於稱讚活動辦得很好的那個人──我不小心將目光移過去，身在其中的由比濱發現了我。

她稍微張開嘴巴，輕輕對我揮手。這樣會害我很難為情，拜託快住手……但我也不能無視她，便點頭回應。

其他人也注意到由比濱的視線，看了過來。三浦繞著她的卷髮，將視線移回手機上；海老名同學做出「喔～」的嘴型，表示她有看到我，戶部他們則是用「喔」、「嗯」、「嗨」這種類似呼吸的聲音代替招呼。

至於葉山隼人，他只用微笑和眼神跟我道早。我也點頭致意，拉開椅子坐下。

我用手撐著臉頰，閉上眼睛。

仔細想想，真的變了。

儘管沒有特地開口問候，現在的我們對上視線時，開始會點頭致意。

我試著詢問自己，這是從什麼時候開始的？答案其實很簡單，就是從我開始注意他們那陣子。

剛分到這個班的時候，我便一直看著葉山那群人。不過，當時只把他們當作教室裝飾的一部分。即使如此，我還是知道那些人的名字，知道他們所屬的社團和人際關係，也了解他們的存在。

然而，我很難說自己了解他們。

就算是現在，我仍然不是很了解。

不曉得是因為我想著這些事，或是因為還不習慣跟他們打招呼，我感到相當彆扭，坐立不安。

由於實在靜不下心，我索性站起來。

這種時候就是要逃到廁所。逃避雖可恥但有用（註34）。之前有個當紅相聲組合，其中一名成員因為肇事逃逸而停止活動，之後卻若無其事地復出，還把那件事當成萬年題材呢（註35）！

我迅速離開教室，迅速上完廁所。順便買個飲料好了……於是，我朝自動販賣機前進。現在已經接近上課時間，走廊上不時出現加快腳步趕往教室的學生，但跟剛才比起來，已經安靜了很多。

因此，身後的腳步聲讓我更加在意。對方踩著不疾不徐的腳步，始終跟我保持不遠也不近的距離。

我在自動販賣機前停下，身後的人也慢了一拍停下。

我快速買好ＭＡＸ咖啡，隨即讓到旁邊。腳步聲的主人悠哉地上前，按下黑咖啡的按鈕。

「我聽說囉。」

那傢伙蹲下來拿出飲料，說話時並沒有回頭看我，彷彿知道我會留在原地。

若是以前，我八成會覺得被冒犯，講話開始沒好氣。不過，現在不同了。

我知道葉山隼人講話就是這麼惹人厭，所以只是稍微不爽。

再說，我也很清楚他是特地來跟我說些什麼的，所以只是稍微不爽。才怪！我

註34　惡搞自日劇《月薪嬌妻》，原文為「逃避雖可恥但有用（逃げるは恥だが役に立つ）」。

註35　指日本諧星組合「NON STYLE」的成員井上裕介。

超不爽的！

真是的，什麼意思啊……這種像在試探人的態度跟她真像。

好吧，說話方式和用字遣詞的確會互相傳染。可見他們的交情有多長。

所以葉山提及這個話題，可以說極為自然。

「好像很辛苦啊。肩膀上的負擔卸下一些了嗎？」

輕拋著燙手咖啡的葉山終於回過頭，帶著什麼都知道的口吻接著說。我在心中自言自語「你知道什麼嗎，雷電……（註36）」，故意歪頭表現出疑惑。

「嗯？什麼東西？喔，我妹的考試嗎？」

「不是。」

葉山聳聳肩膀，嘆一口氣。

「雖然考試也很辛苦……啊，對了。方便幫我跟你妹說句『辛苦了』嗎？」

「才不要。我為什麼要幫你傳話？不過你的心意我收下了。謝啦。」

我用死魚眼回應葉山爽朗的笑容，他驚訝地眨了下眼。

「沒想到會因為這種事得到你的道謝。」

葉山拉開咖啡罐的拉環，喝一口後露出苦笑。不不不，我也是會道謝的好嗎？倒是你那麼注重禮節，這種時候還不忘問候小町，才讓我震驚……

不過，正因為葉山是注重禮節的人，他也知道要把話題拉回正軌。

註36　漫畫《魁！男塾》中的名臺詞。

「先別聊你妹了……我說的是另一家的妹妹。」

另一家的妹妹是指誰？京華嗎？照顧她確實很辛苦，那麼前途無量的小女孩……我當然可以這樣裝傻，但葉山隼人此刻的表情相當認真。

要是我現在又裝傻，他肯定會回答「這樣啊，所以你是那種人囉」，擅自給我貼上標籤。

對方腦袋裡在盤算什麼，我們大致都摸透了。

事實上，我跟葉山都自認理解對方，接著擅自失望、擅自放棄，最後接納對方。一直以來，我們淨是擅自地將感傷強加在對方身上。

拋出的話語從來沒構成問題的本質，永遠在四周打轉。連意思是否傳達到都不確認，又無法控制不說出口。

明知道彼此互不相容，卻又不願無視對方。存在於我們之間的，只有充滿自說自話與挖苦的應酬。

「……辛苦的還在後頭吧，雖然我也不是很清楚。」

「確實。」

他露出些許苦澀的笑容，扔掉喝完的咖啡。鐵罐在空中劃出拋物線，精準地落入垃圾桶。響亮的金屬碰撞聲在安靜的校舍一樓迴盪。

葉山看著鐵罐命中目標，收起笑容輕聲嘆息。我來不及分辨他的嘆息是出於滿足感抑或寂寥感，他便轉過身，邁步而出。

「……不過，比以前好多了。我一直以為，情況永遠不會改變。」

葉山拋下這句話，沒有等我回應。真要說的話，他似乎根本不覺得我會回應。

啊啊，果然是我們平常的對話模式。不對，這連對話都稱不上。

一方勉強擠出其實並不想說的話，另一方擅自接收，賦予其意義。僅此而已。比起「解釋」，我所做的或許更接近「介錯」，總是將本來可以構成對話的話語斬斷，看著它消亡。

葉山已經走遠幾步。我維持不近不遠的距離，跟在他的身後，同時回想剛才的話。

葉山是從誰得知雪之下要回家的消息？雪之下的雙親、陽乃，還是從雪之下本人？或是由比濱提到的？算了，怎樣都沒差。意思都相同。

簡單地說，他感覺到連自己都以為永遠不會改變的某件事物，正因雪之下雪乃的行動而逐漸改變。

幸好他將其視為一件好事。葉山跟雪之下一家認識那麼久，他說的話值得信賴。託他的福，知道雪之下在我所不知道的地方過得很好，我多少放下心中的大石。

葉山提到「肩膀上的負擔」時，我故意把這件事跟小町扯在一起，不過，他的說法或許沒有錯。胸口隱隱作痛的感覺，跟小町向我道謝時的感覺類似。

所以，這份痛楚證明我做了正確的選擇。

走回教室的路上，我們之間的距離並沒有縮短。

隨著上課時間接近，快要遲到的學生在走廊上奔跑，經過葉山身旁時順便打招呼。葉山也輕輕舉手回應。

不知不覺間，我的視線落在葉山不停擺動的手上。

我突然想到，葉山是否抱持相同的心情？如同看著小町一路成長的我，葉山是否也對身旁的她——或是她們——抱持這種心情？在走到教室前的短暫時間內，我不禁擅自揣測。

葉山握住教室門把的瞬間，我和他的距離拉近了一點。

× × ×

隨著放學時間接近，早上還安安靜靜的教室熱鬧起來，整棟校舍似乎也有了一點溫度。

大概是因為先前的考試期間暫停活動，體育型社團的人特別有活力，運動場上已經響起棒球社和橄欖球社的吆喝聲。

教室裡也一樣。以葉山為首的運動社員早已不見蹤影，其他學生也一個個離開。社團活動嗎……不知道侍奉社今天有沒有活動？總之，去看看好了……我慢吞吞地收拾東西，準備從座位上起身。就在這時，一陣急促的腳步聲迅速接近。

我大概猜得到是誰，回頭一看，對方也剛好歪頭湊過來，使我們的臉快要貼在一起。

「喔喔！嚇死我……」

「啊，對、對不起！」

帶點粉色，連頭上丸子一同晃動的茶髮，水汪汪的大眼睛，呼出氣息的柔軟嘴脣，因為身體後仰而更加突顯的胸脯，以及當她別過臉移開視線時，竄入鼻尖的柑橘香。

這一切統統發生在極近距離之下，導致我的心臟差點忘記跳動。

我吐出一大口氣，由比濱又湊過來說：

「太誇張了吧。」

她忍不住笑出來，連連拍打我的肩膀。天啊好丟臉，恨不得趕快死了算了……我們的聲音太大，其他人也往這邊看過來了啦……不管怎麼樣，麻煩別碰我的上臂好嗎？那真的很有效，會害我想裝MAN用力繃緊二頭肌。

「要去社團嗎？」

「……對、對啊，去看看。」

我一面鎮定心情，一面用不太確定的口吻回答。由比濱沉思片刻，然後立刻點頭。

「……這樣呀。也是。等我一下。」

她跑回去跟三浦她們簡短道別，抓起背包，拎上一堆有的沒的，跑回來我這邊。

「走吧。」

她推著我的背催促。那、那個，我自己會走，別推我……在這種緊急狀況，不推擠不亂跑不說話的守則最為重要。若到達如我這般的境界，甚至會因為防災意識過於強烈，從平常就不跟別人說話。

對我而言，這確實是緊急狀況。我們不是沒有一起去過社辦，但是兩人共同走出教室，好像還是第一次。

我不禁在意起其他人的目光，回頭看去。不過，留在教室裡的人並不多，大部分都在跟自己的同伴說話，沒特別注意這裡。

我再瞥向剛才還在跟由比濱聊天的人，她們並沒有對我們一起離開一事感到疑惑。海老名朝這邊揮著手道別，三浦則是自顧自地繞著卷髮。

我暗自鬆了一口氣。

先不論我心中的感受。對其他人來說，若要將這個畫面稱之為日常，或許並沒有錯。

由比濱放學後去侍奉社乃理所當然之事，她們也知道我是侍奉社的社員。因此我們一起去社辦，是極為自然的行動。

若是以前，八成會被用異樣的眼光看待。不只是我，由比濱也是。

把那群人統統歸類為校園階級頂端時，我從來沒想過會有這樣的一天。自從我們開始私下接觸，對彼此多少有一些了解後，現在能夠以此為線索，推測出許多事。我不會稱之為理解，但我們至少可以編出理由，說服自己將彼此的行動合理化。

當然，這也可以套用在走在我旁邊的由比濱身上。

可能是因為放學時間已經過了一陣子，通往特別大樓的走廊比平常更冷清，空氣也一樣冰冷乾燥。

不過，絕對不會寒冷。

是不是因為走在我身邊的由比濱——手中毛茸茸的毯子呢……我瞄向旁邊，看見由比濱把下巴埋在懷裡的毯子。她為什麼要帶毯子來？奈勒斯？她是奈勒斯嗎？因為這裡是千葉，才玩花生梗嗎……（註37）

「妳帶毯子來做什麼？」

一路上沒人吭聲也很奇怪，於是我隨口詢問，順便打開話題。由比濱聽了，疑惑地歪過頭。

「咦？毯子？啊——是指這條 blanket 嗎？」

「兩個有差嗎……難道它們嚴格上來說並不一樣？像 pasta 和 spaghetti 那樣？少給我什麼東西都寫成英文。」

「咦？可是，它上面就寫著 blanket 啊……等一下，pasta 和 spaghetti 還不都是英文……」

由比濱噘著嘴抱怨，然後突然察覺蹊蹺，皺起眉頭。被發現了嗎……然而，我

註37 漫畫《花生》（或稱《史努比》）中的角色，總是抱著毛毯。千葉名產為花生。

沒有理她，繼續盯著那條 blanket。經過由比濱摺疊的毛毯，原本似乎也不算很大，頂多半張榻榻米。我立刻想起它原本的名稱。

「對啦，是蓋膝毯。」

由比濱把臉埋在毛毯裡點頭。

「啊，對對對。就是那個。」

「喔……妳不是已經有了？」

我想起社辦裡的情景。由比濱跟雪之下並肩坐在一起，蓋著同一條毯子，像是窩在暖被桌裡。每次看到這一幕，我都會心想「好像很暖和，我這邊可是冷得要死耶，好想趕快回家」，所以記得很清楚。

我的位子可是超冷的說……想到這裡，我用略帶羨慕的眼神看向那條毛毯。由比濱聽了，眨眨眼睛。

「你竟然注意得那麼仔細……」

「沒、沒有啦，沒到注意的地步，只是自然而然地進入視線範圍……」

「自然而然……」

「啊——嗯，對啦，因為我這個人的視野很廣……」

雖然我只是亂扯一通，說不定我的視野真的很廣。因為就算我不好意思面向由比濱，仍然能用餘光瞥見她把染紅的臉埋在毛毯裡。

腳步聲於靜寂的走廊上迴盪，除此之外只有冷風拍打窗戶的聲響，以及身旁的細微呼吸聲。

糟糕，這陣沉默超尷尬的！剛才想打開話匣子的舉動，根本是在自掘墳墓……要是再多沉默五秒就算答錯，會變成 Bad communication，工作報酬會減少啦！（註38）我不奢求 Perfect，至少來個 Good——不對，Normal communication 就好。雖然就算得到 Perfect，親愛度也不會增加。

因此，我隨口說道：

「既然已經有蓋膝毯了，為什麼還要再買一條？妳有幾條腿啊？蜈蚣嗎？」

「不是啦！只是買雜誌送的！」

由比濱迅速抬頭反駁。然而，她馬上又縮了起來，眉毛垂成八字形，咕噥著說：

「……雜誌買一買，突然就多了好多毛毯。老實說，我自己也很煩惱該怎麼處理。」

「喔、喔……這樣啊……」

要把它們處理掉啊……想想也是。每年到了冬天，動不動就能拿到一堆這類贈品。這麼說來，我們家好像也不少條，跟在春日麵包祭拿到的盤子一樣多。那些盤子怎麼摔都摔不破，所以數量有增無減……

註38　出自手機遊戲《偶像大師百萬人演唱會！劇場時光》。偶像工作時有一定機率發生對話，若在限制時間內沒有選擇選項，一律判定為 Bad communication。

我對此深有同感，由比濱也微笑著點頭。

「天氣還這麼冷，我就從家裡帶一條過來。而且……」

她的話語突然中斷，視線移向前方。我跟著看過去，原來侍奉社的社辦已經近在眼前。

由比濱沉默片刻，彷彿在選擇適當的說法，輕輕吸了口氣。

「……我想說，如果社團活動會繼續下去，乾脆把它放在社辦。」

她像在自言自語般，輕聲補充，然後立刻閉上嘴巴，略帶難色地低下頭。看見她的表情，我只能發出「是喔，原來如此」之類的回應。

也許，我大可一如往常地開玩笑帶過，但我完全想不到該講些什麼。

「如果會繼續下去」——

由比濱的語氣，如同確信終焉即將到來。

還沒想到正確的回應，我們就抵達社辦。我沒有說話，而是握住門把。

然而，社辦的門只發出「喀」一聲，文風不動。

聽見我這麼說，由比濱從我後面探頭望向門。

「……鎖住了。」

「小雪乃還沒來啊……」

她把東西夾在腋下，把手伸進外套口袋摸索。我瞄了她一眼，轉身就走。

「我去拿鑰匙。」

「咦？啊——」

由比濱好像想說什麼，我揮揮手表示「沒關係」，稍微快步趕向教職員辦公室。侍奉社的門一直都只有雪之下開過。

事到如今，我才意識到這一點。

那把鑰匙總是在她身上，我連碰都沒碰過。

× × ×

打開教職員辦公室的門窺看，大概是因為考試剛結束，裡面顯得相當忙碌。目所能及的桌子上堆滿文件，到處都是講電話跟討論的聲音。現在好像不太方便問鑰匙在哪裡……

這種時候就是要找平塚老師。在大多數情況下，她在辦公室裡不是吃飯就是在看動畫。

我想像著偷拍睡臉的晨間突襲整人節目，小聲說道「打擾了」踏進辦公室，走向平塚老師的座位。

至今以來，我被叫來——更正，是來過這個座位好幾次，現在這裡卻是一片陌生的景象。

平常亂七八糟堆著文件、信封、咖啡罐及模型的雜亂桌面，今天整理得乾乾淨淨。桌上只有一本線裝黑色筆記本與旁邊的原子筆。

有那麼一瞬間，我以為自己走錯位子。直到看著沒有正對桌面的旋轉椅，才認出平塚老師的風格。不過，她本人並沒有坐在上面。

「喔，是比企谷啊。怎麼啦？」

我東張西望了一陣子，忽然聽見不遠處傳來自己的名字。轉頭一看，叼著菸的平塚老師從隔板做的會客室探出頭。啊，對喔，她會把那裡當吸菸區用……

平塚老師招手示意我過去，於是我走向會客室。她原本大概在做什麼書面工作，然後過去稍微休息。她拿著還沒打開的罐裝咖啡，大概是拿來配菸喝的吧。那罐咖啡當然是MAX咖啡，因為它也是特別的存在。

「那個，我來拿鑰匙。」

我坐到沙發上，告知來意，平塚老師聽了露出疑惑的表情。

「雪之下剛剛已經拿走囉……」

她吐出一口煙，彈掉菸灰。刺鼻的焦油味和白跑一趟的徒勞感，令我皺起眉頭。平塚老師無奈地笑了。

「至少先確認一下吧？報告、聯絡、商量是很重要的喔。」

「我不知道她的手機號碼。」

「……由比濱也不知道嗎？」

「啊——這個嘛……」

面對平塚老師懷疑的視線，我「啊哈哈～」地打馬虎眼。我只是想來拿鑰匙而已——這種話誰說得出口啊？

然而，用不著我說明，平塚老師好像也察覺到什麼，聳聳肩對我微笑。那溫暖的眼神讓人怪彆扭的，我忍不住扭動身子。

這時，辦公室內其他人忙碌的模樣映入眼簾。

「大家很忙的樣子。」

我趁機改變話題，平塚老師也瞇眼看過去。

「嗯？喔，對啊，因為這學年快結束了。學期末總是這樣。」

原來如此。我還以為是因為入學考才這麼忙，原來並不一定。仔細想想，其實還有畢業或升學年等各種問題要處理。平塚老師負責的是我們二年級，可能不會跟新生有太多交集。

「一到期末或結算前，每個地方都這麼忙嗎？之前我爸媽好像也是。」

「雖然各公司的結算期末必相同，大部分都訂在三月底。結果我們為了配合這個時間，忙得要死……好想回家……什麼結算、期末、截稿日，都給我去死吧……」

平塚老師垂頭喪氣地發牢騷。

我看妳倒是挺閒的啊——我如此心想，默默地盯著她。

「嗯？我也很忙喔？是真的喔？」

她察覺到我內心的疑問，挺直背脊，裝模作樣地鼓起臉頰。但是很可惜，再年輕幾歲的話，我想必會覺得很可愛……不過以平塚老師的年齡而言，這樣反而顯得可愛。到頭來她還是很可愛嘛！

「現在……算是在休息吧？稍微放鬆一下。懂嗎？」

她再三強調，把香菸往菸灰缸裡一壓，連同我的疑惑一起捻熄。可是，沒有火苗的話，何須擔心冒煙，不是嗎？

「但我看老師的桌子很乾淨說。」

「哎、哎呀～人一忙起來，就會整理東西逃避現實嘛。啊哈哈～」

平塚老師搔著頭，試圖蒙混過去。

好吧，我懂妳的心情……當人忙碌得超過限度，腦袋會開始錯亂，甚至打起電動。對吧？嗯，那就沒辦法了。實在不忍心責備老師，一切都是工作不好，工作即惡。恨工作不恨人的精神相當重要。

我抱著胳膊不斷點頭，平塚老師輕輕嘆氣。

「不過，也該面對工作了……」

這句話不是對我說的，比較像自言自語。平塚老師的視線移到手邊的菸灰缸上。菸灰缸裡沒有火也沒有煙，只剩下尚未散去的煙味。

或許是因為想起之前跟陽乃的對話，一聞到本以為已經習慣的煙味，還是忍不住皺起眉頭。那一晚的煙味跟現在一樣沉重，令人不安。我默默地站起身，想忘記那股味道。

「……我該回去了。」
「嗯，去吧。」
平塚老師也跟在後面，送我離開。
即將走出會客室時，她忽然叫住我。
「比企谷。」
「嗯？」
我回過頭，看見平塚老師嘴巴微開，卻一句話也不說，只是盯著我。
她此刻的眼神沒有平常的銳利，但也不是偶爾會露出的溫柔目光。
我從來沒看過這種眼神，所以更好奇她發出近似嘆息的話語後，究竟打算說什麼。我微微歪頭，催促她繼續說。
最後，平塚老師閉上眼睛搖搖頭，接著揚起嘴角，露出少年般的笑容。
「……沒事。接好！」
她把原本拿著的罐裝咖啡拋過來。我勉強接住咖啡，望向平塚老師，納悶她想做什麼。
她把手貼上臉頰，故作可愛地眨眼吐舌。
「別告訴別人我在這裡摸魚喔☆」
嗚哇，裝什麼可愛……我覺得有點不蘇胡。等等，所以說這罐咖啡是封口費？哎呀~不用特別給我什麼啦，反正我也沒有對象可以告密……

總之，我也不甘示弱地擺出橫V手勢回答「知道了」（註39）離開辦公室。

既然有人幫忙開社辦的門，我也不必急著趕回去。

現在雪之下應該已經到社辦，由比濱也進去了吧。我把玩著剛才拿到的MAX咖啡，慢慢走在通往社辦的路上。

社辦門口不僅看不見由比濱的身影，裡面還傳來兩人的交談聲。拜其所賜，不久前還顯得冷清的景色，似乎多了幾許暖意。

不久前只會發出喀噠喀噠聲、無法開啟的門，如今一推就開。開了暖氣的和煦空間中，參雜紅茶的芳香。步入室內，便看見雪之下和由比濱坐在固定的靠窗座位。

「嗨。」

「你好。」

我打招呼後，也坐到靠走廊側，專屬於自己的座位。正在將剛泡好的紅茶倒入杯中的雪之下抬起頭，露出微笑。不過，她馬上愧疚地垂下眉梢。

「對不起，我們好像剛好錯過……應該先跟你聯絡的。」

「喔，沒關係啦。」

我晃了晃手中的咖啡，表示自己只是去買飲料時順便拿鑰匙，雪之下這才鬆了口氣。旁邊的由比濱卻跟她相反，不太高興地鼓起臉頰碎碎念。

「所以才叫你先打電話……」

註39《星光樂園》的女主角真中菈菈的招牌動作。

我忍不住苦笑。

「我不記得妳有說……」

「我還來不及說，你就走掉了。」

「那是要去買MAX咖啡嘛——啊，當我沒說。對不起……」

由比濱瞇起眼睛瞅著我，我拿著咖啡試圖辯解，但她似乎快翻起白眼，我最後只好乖乖道歉。

「……是無所謂啦。」

由比濱板著臉嘆氣，雙手端起馬克杯喝紅茶。在一旁看著的雪之下輕笑出聲，手拿茶壺朝我看過來。

「我泡了紅茶……要喝嗎？」

「啊——要。俗話說甜點裝在另一個胃。」

「咖啡也算嗎？雖然的確超甜的！」

由比濱用半是驚恐的眼神盯著MAX咖啡。當然算在內囉。這東西甚至比市面上那些低糖、低脂肪的甜點還甜……

總之，MAX咖啡等肚子餓的時候再喝，現在先來杯剛泡好的紅茶，享受放學後TEA TIME（註40）吧。

「來，請用。」

註40　動畫《K-ON!》中五位主角組成的樂團名稱。

「嗯，謝啦。」

我輕啜一口紅茶，吁出一口氣，感受僵硬的身體逐漸放鬆。

因此我才發現，自己一直處於緊繃狀態。

同時也發現，此刻的自己正鬆懈下來。

意識到這一點，剛剛還在胡言亂語的嘴巴，現在一句話都說不出來，只能呼出潮溼的氣息。

以前的自己明明不會在意沉默，現在卻覺得緊繃的空間非常可怕。

我瞄一眼旁邊的由比濱，她正看著杯中紅茶的波紋。她的心境或許與我相似。

然而，雪之下並非如此。

我和由比濱都沉默不語，雪之下帶著平靜的笑容開啟話題：

「前一陣子，謝謝你們……」

她將手放在腿上，低頭對我們鞠躬，動作既流暢又美麗。

看到她這樣，我稍微放心了。雖然毫無根據，我總覺得以前也看過那挺直背脊的漂亮姿勢、可愛的髮旋，以及淺淺的微笑。找回熟悉的感覺後，我才得以用比想像中柔和的語氣說話。

「……順利搬完家了嗎？」

今天早上，我已經從葉山口中得知答案，但我仍然再問一次。這種事還是要聽本人親口說才對。雪之下點頭表示肯定。

「嗯。畢竟東西沒多到稱得上搬家……由比濱同學也有幫忙。」

雪之下溫柔地望向由比濱，由比濱在胸前揮揮手。

「啊，沒有啦！我沒幫上什麼忙。啊哈哈……」

由比濱可能是自謙，她露出有點不知所措的羞赧笑容，搔著丸子別過頭。不過，雪之下的視線沒有從她身上移開半分。

「妳真的幫了我很多忙。謝謝……」

這抹微笑平靜得宛如身在夢中，給人神清氣爽的感覺。

一直被盯著看的由比濱也瞄向雪之下，在四目相交的瞬間，浮現像是破涕為笑的表情，點點頭，深深吐出一口顫抖的氣息。

雪之下大概也有點難為情，跟著靦腆一笑。

「要不要來些茶點？」

社辦稍微溫暖了些，空氣中瀰漫帶著甜味的紅茶香。開始西斜的夕陽照射進來，空氣彷彿也染上顏色。

突然間，「咚咚咚」的敲門聲響起，使社辦的空氣起了一陣漣漪。

「請進。」

雪之下鎮定地回應，門緩緩開啟。

× × ×

吹進室內的冷空氣與暖氣參雜，配合從窗外照進、穿過大門縫隙的光束，那道光彷彿風的形體化。

走廊上可能有窗戶為了通風而開啟。開著暖氣的社辦裡，頓時充滿新鮮空氣。

「打擾了～」

喚來這陣風的主人——一色伊呂波笑咪咪地站在門旁，沒有要進來的意思。咦？為什麼不進來？門一直開著會很冷耶……我用視線斥責一色，她伸出食指抵住臉頰，歪著頭說：

「那個～這裡有電腦對吧？」

「有是有……」

雪之下略顯困惑，回答突如其來的問題。一色又順口接著問：

「可以播DVD嗎？」

雪之下滿頭問號，索性直接拿出收在抽屜裡的筆記型電腦。不過，用不著拿出來，我就知道答案。

「那臺電腦是舊機種，反而可以播。」

「喔～」

這有什麼好佩服的……

「要做什麼嗎？」

「沒有，只是確認一下。」

「是喔……所以，妳打算確認什麼啦……」

一色揮了揮手，對我露出「沒什麼沒什麼」的表情。經過以上對話，一色終於打算進來。她反手將門關上，碎碎念著走過來。

「在網路上看也是可以，不過那樣就拿不到收據。那種不是都要刷卡嗎？」

「妳這樣問，我也不懂……」

雪之下一臉困惑地回答，我跟由比濱同樣聽得滿頭霧水。這傢伙在說什麼啊……我帶著疑惑的眼神，看著一色俐落地打開電腦。

「我租了DVD，可是學生會的電腦太新，沒辦法看。」

是喔……電腦太新啊……有錢真好……仔細想想，沒有光碟機的筆記型電腦的確越來越多。一色在我思考的期間，從包包拿出某樣東西。

那是一個手掌大小的四方形盒子。

「……這是什麼？」

由比濱小心翼翼地用手指輕戳。我也很想知道答案。該不會是豆腐？但上面好像有鏡頭，還有按鈕，所以不是豆腐……

一色抓起那個盒子，插上線再接上電腦。雪之下在一旁看著，發出感嘆的聲音。

「喔……雖然尺寸很小，那是投影機吧。」

「對對對。啊，我把布幕放下來喔。」

一色在回答的同時站起身，拉下掛在社辦角落的投影布幕。

所以，接下來會發生什麼事？一色按下盒子上的按鈕，機器便發出低沉的運轉聲。過了一會兒，電腦畫面在布幕上顯示出來。

「哇～好酷喔。」

「投影得很清楚。」

由比濱目瞪口呆，雪之下則雙臂環胸，手抵在下巴上。一色對她們晃晃手指，挺起胸脯得意地說：

「聽說連手機畫面也能投影出來喔。」

「哇……可是，應該很貴吧？」

由比濱先是嚇了一跳，然後突然想到什麼，發出「呵呵呵」的笑聲，開玩笑地問道。一色大手一揮，霸氣地回答：

「一點也不貴！用學生會的經費買，對我來說是實質免費！而且只有現在！」

「真是最差勁的銷售節目主持人……」

全世界最不可信的宣傳詞就是「實質免費」。不論是標榜實質免費的遊戲，或號稱「以長期面來看一定會賺」的直銷，萬萬不可輕信。我絕對不會被騙，也不會掏出任何一毛錢！只會用維修送的石頭抽卡——我在內心如此發誓。

「這臺投影機是做什麼的？」

機身上的保護用透明膠膜都還沒撕下，可見得是剛買回來沒多久。對於這個提問，一色盯著投影機沉思片刻。

「新買的備品……吧。」

等一下，為什麼要用「跳躍力……吧……」（註41）的語氣回答？伊呂波大哥哥，請你拿出更多自信，好好說明學生會的新朋友——投影機妹妹的魅力。

「不是那個意思。我在問妳帶投影機來的目的……」

雪之下按著太陽穴，一副頭痛的樣子。對對對，我也想問。

「這個嘛……」

一色用手指轉著DVD光碟，放入光碟機。由比濱察覺她要做什麼，立刻起身。

「電影？電影？要看電影嗎？」

她突然興奮起來，開心地拉上窗簾，還順便把電燈統統關掉。我說，再怎麼樣都不會在社辦裡看電影吧……

然而，映在布幕上的，卻是我很熟悉的畫面。

自由女神、吼叫的獅子、聚光燈照亮的文字、拍打岩石的波浪……咦？真的要看電影嗎？

一色無視滿頭問號的我，將椅子移動到方便觀看的地方。由比濱也把放點心的

註41 動畫《動物朋友》會在進廣告時穿插動物飼育員的訪談，「跳躍力……吧……」為飼育員「新崎大哥哥」的名言之一。

桌子挪到前面，做好萬全準備……咦？真的要看電影嗎？

都已經到這個地步，雪之下大概也覺得只能奉陪，於是開始泡新的紅茶……看樣子，是真的要看電影。

×　×　×

在拉起窗簾的昏暗教室中，只有投影機投射在布幕上的朦朧光芒。假如這裡是電影院或放映室那種更正式的環境，我或許還可以專心看電影，投入劇情。

然而，我們身處的是侍奉社社辦，亦即平時生活的地方。把這樣的地方打造成非日常的空間，怎麼樣都會覺得不自然，而無法靜下心。

更重要的是，聲音只能從電腦內建的音響發出。為了聽得更清楚，大家自然會圍到電腦旁邊，使人口密度增加。

這令我坐立不安，下意識地扭動身軀，每動一下還碰到旁邊的人。耳邊不時傳來制服摩擦聲、身體接觸時嚇到的抽氣聲，以及竊竊私語聲。

腦袋裡裝的全是這些，電影內容幾乎統統不記得。

我知道的只有這不是電影，而是國外的連續劇，還有粗略的劇情綱要。這是以美國高中為舞臺的青春群像劇。總而言之，體育型的真的超可怕，美國的階級制度好像也挺嚴格的——我只擠得出這麼點感想。說實話，我看到一半就撐不下去，開始茫然地盯著布幕，變成不斷跟煩惱戰鬥的修行僧。

就在我快要開悟時，影片終於結束。等到比想像中還短的工作人員表播完，一色才關閉投影機。

「呼——真有趣！」

由比濱站起來拉開窗簾，天色已經逐漸變暗。電燈一開，我就清楚看見雪之下閉著眼睛，滿意地頻頻點頭。

大家都很滿足的樣子……只有我因為其他事而分心，對劇情的記憶一片模糊……這時，看起來特別愉快的一色小聲哼著歌，開始收拾機器。

「Dancing Queen～哼哼哼～哼哼哼～」

她唱的是在我有印象的最後一幕播放的曲子。不過後半段都只用哼的，八成是完全不記得歌詞。

儘管很不忍心在她心情好的時候打斷，我有個問題不得不問。我趁一色停下手時緩緩開口：

「……我說，為什麼要在這裡看電影？」

「那不是電影，是美劇。」

「隨便啦……」

只要是一群美國人在嘻嘻哈哈的玩意兒，統統歸類為好萊塢片就對了啦。何必那麼麻煩？有人莫名其妙地跳起舞來的話，就是印度片啦。電影就是這樣，好嗎？

雖然這是美劇……我不禁深深嘆息，一色訝異地問：

「學長，你不喜歡嗎？」

「仔細看應該滿有趣的。不過隨便看看的話，殘酷或辛酸的部分給我的印象比較強烈……」

我隨意瞥的幾個場景都是這樣。更重要的是，在密室裡被這些人近距離包圍，真的很難熬……

「倒是妳們，都喜歡這類型的作品啊……」

「是沒錯。畢竟挺有趣的。」

「嗯，對呀。」

一色用極其理所當然的語氣回答，由比濱在旁邊附和，雪之下也默默點頭。

「喔，是喔……」

我也看過《24反恐任務》和《越獄風雲》之類的美劇，覺得滿精采的。可是，一色剛才放的美劇裡，偶爾會出現非常黑暗的情節，看了就覺得好累。

「……唉，說不定女生就是喜歡這點。」

我喃喃說道。由比濱跟一色好像對這句感想有意見，板起臉來。

「不只女生，男生也會看啊……」

「對呀。不如說喜歡受女生歡迎的作品還比較讓人放心。反過來說，喜歡《瘋狂麥斯》或《復仇者聯盟》的女生，絕對是受到男朋友的影響。」

「咦？是嗎？」

一色好像說了什麼很重要的話，我不禁反射性地回問。一色的臉上浮現討厭的笑容。

「十之八九。」

「喂喂喂別這樣，別把因為喜歡相同的電影而高興得不得了的男生推下地獄……偶爾也會有喜歡那種電影的女生喔……」

我這麼說的根據是平塚老師。順帶一提，平塚老師喜歡的電影是《從地心竄出》、《超級戰艦》和《環太平洋》喔！第一次聽到時，我差點迷上她……可是啊，拿她當根據超不可信的。我瞄了一色一眼，用眼神問她一般女生喜歡的電影類型，她露出得意的笑容回答：

「所以說，喜歡《艾蜜莉的異想世界》那種又浪漫又有格調又潮的電影的女生才好！」

這傢伙好激動……還有，妳挑的電影真老……好吧，那部電影確實很有名，現在也能透過很多管道看到，所以我大概能理解……

「是嗎……順便問一下，妳喜歡什麼電影？」

一色擺出可愛的動作，雙手貼在臉頰上，露出小惡魔般的微笑。

「《艾蜜莉的異想世界》♥」

「太做作了……」

「而且好假……」

還有，這個回答未免也太文青。正當我準備接在由比濱之後開口，在旁邊喝紅茶的雪之下閉著眼睛，扔出一句話：

「……不可否認那是一部好電影。」

好險！幸好沒說出來！不管是電影還是什麼，每個人都有自己的喜好，所以我們要多一點尊重，少一點批判！更何況沒人知道地雷在哪裡！

可惜，世上存在明明心裡尊重對方，還能一腳踩中地雷的人。

「啊～感覺雪之下學姐就會喜歡那種～」

「……總覺得妳的說法有種惡意。」

雪之下皺起眉頭，冷冷地看過去，一色嚇得縮起身子，像隻小動物似的躲到我後面。看見她的反應，雪之下按住太陽穴，無奈地嘆氣。

「回到正題，為什麼突然在這裡放影片？」

「啊，對對對。就是這個。」

我也一直很想問這個問題，於是轉頭看向一色。她拍了下手，一副猛然想起的樣子。

「這部美劇是參考資料啦。如果在學生會辦公室看，不是會被人覺得在打混嗎——」

「難道在這裡看就沒有關係嗎……」

「要看就給我回家看啦。」

「我特地買了投影機，當然會想用用看嘛。學生會辦公室跟家裡都沒布幕。而且，只要過了下班時間，我就不想工作。」

我跟雪之下指出一色的不對，她卻還是笑容滿面，絲毫不覺得自己有錯。我看下次她八成會用經費把音響也買下來，湊齊一整套設備。

在我如此暗忖之時，由比濱舉手發言：

「妳說的『參考資料』是什麼意思？我以為只是普通地看影片……」

「之後不是有畢業典禮嗎？畢業典禮結束後還有謝恩會，學生會必須負責籌辦，我才會拿它來參考。」

「喔，謝恩會啊……」

我預測到一色接下來要講什麼，連著椅子整個人往後退好幾步，表達出「我死都不會幫忙」的強烈意志，進入戒備狀態。然而，一色好像不打算找我們幫忙，抱著胳膊，面色凝重地開始思考。

「……說實話，辦一般的謝恩會，擺幾張桌子讓大家聊聊天就可以。不過，考慮到我畢業的時候，就覺得還是走豪華路線比較好……啊！當然了，這樣畢業生也會高興。」

哇～她沒有忘記在最後補充對畢業生的考量！伊呂波成長了不少呢——我怎麼可能這麼想。只為自己著想的精神貫徹到這個地步，反而顯得很乾脆，讓人不得不佩服……這時，身旁傳來類似的感嘆聲。我看過去，發現雪之下一臉了然於心地點著頭。

「原來如此，所以才選擇有舞會（Prom）的影劇參考。」

「哇，好厲害——不愧是雪之下學姐！」

一色不停拍手，猛誇雪之下。

「沒什麼了不起的。聽妳那樣說，就大概察覺得到。」

雖然這句話聽起來很冷靜，雪之下還是得意地略為挺起胸膛，臉頰也微微泛紅，被誇得很不好意思。這個人真單純……

不管怎樣，多虧雪之下猜中正確答案，我也明白了一色的用意跟 Prom 有關……所以，Prom 到底是什麼？

「Pro？什麼東西？Proactiv？」

治青春痘的那個嗎？我想知道那個陌生辭彙的意思，可惜問錯了人。由比濱也回問我：

「Prom……桃子？」

「嗯，桃子是 Plum……妳真喜歡桃子……」

「咦？嗯。我喜歡桃子～」

由比濱露出燦爛的笑容，那反應還真可愛。不對啦，我想知道 Prom 是什麼東西。

因此——告訴我吧雪基百科！我望向雪之下，她彷彿就是在等這個機會，撥開肩膀上的頭髮，得意地微笑。

「Plum 是李子。雖然李子跟桃子同樣是薔薇目薔薇科，嚴格上來說並不同種。櫻桃反而跟它比較接近。」

「我想問的不是那個……」

「咦？咦？可是，李子跟桃子一樣……李子跟桃子跟櫻桃一樣？」

由比濱陷入錯亂。因為講到櫻桃嗎……（註42）桃來桃去子來子去的，搞得跟繞口令一樣，真想請她再表演一次。不過，還是等下次再說吧。

「所以，Prom 到底是什麼？」

「嗯……」

雪之下輕輕頷首，思考了一下後，開始解釋。

「Prom 是 Promenade——舞會的簡稱。國外的高中照慣例在學年末舉辦的舞蹈派對……大致上是這樣，可以想成豪華的畢業派對。剛才那部戲裡，不就有舞會場景？」

喔……那個美式風格濃厚的 Dancing Queen 派對就是 Prom。原來如此。回想到一半，我猛然驚覺。

「咦？那不是虛構的嗎？一般學生真的會辦那種活動？」

註42「錯亂（さくらん）」與「櫻桃（さくらんぼ）」日文音近。

「好像是喔，而且滿普遍的。我看看……」

一色拿出手機開始搜尋，查到相關資訊後，秀出畫面給我們看。

「鏘鏘——」

「喔喔……」

出現在螢幕上的是穿著盛裝，打扮得光鮮亮麗的少年少女們身處豪華派對的畫面。會場根據活動性質各不相同，有的在體育館，有的在附ＤＪ區的俱樂部，其他還有舞廳甚至是野外，共通點就是華麗。不過，那些人怎麼看都不像高中生……

「你們看你們看，超適合拍照打卡的！我超想試試看！」

「別用那莫名其妙的標準判斷……」

一色指著畫面中一群穿著禮服，搭乘高級禮車抵達會場的女性合照。以男生的角度來說，比起轎車，看到鐵木真（註43）還比較興奮……

現在可不是想電腦戰機的時候。

一色剛剛查的「舞會」規模，似乎遠遠超出我們想像的畢業派對，跟充滿派對動物的夜間泳池趴也不太一樣，又不是Juicy Party Yeah（註44）那種風格……

不曉得是因為那是外國文化，還是個人喜好的問題，我實在沒什麼感覺，想像不出總武高中舉辦這種舞會的樣子。

註43《電腦戰機Virtual-On》中的機體，日文發音與禮車（リムジン）相似。

註44 日本女性聲優高橋智秋自創的問候語。

「辦普通的謝恩會就夠了吧，何必辦舞會……」

聽見我這麼問，一色輕輕撫上粉紅色背心的胸口，高聲宣布：

「哼哼，因為我要成為舞會女王！」

「喔……」

這傢伙在說什麼鬼話……我一邊在心中吐槽，一邊向 Google 大神請教舞會女王的意思。

簡單說來，舞會女王是經過大家票選而出，全校或全年級最正的女生。另外，也會從男生之中選出舞會國王……

「原來如此。從我們這個年級選的話，舞會國王肯定是葉山……」

「是啊。也就是說，葉山學長是國王，我則是女——啊！」

一色講到一半，似乎也發現時間悖論了，清清喉嚨對我展露微笑。

「對了，學長。雖然沒有什麼關聯，我還是問一下～你有沒有打算留級？」

「誰要留級啊……」

「學長又來了～反正你之後也要重考，最後不是都一樣嗎？留級的話，還能繼續享受學生優惠，超划算的耶。」

「不要擅自幫我決定好嗎？而且就算有學生優惠還是虧。我會去考保底校，才不當什麼重考生。」

見我如此斬釘截鐵，一色「唔——」地鼓起臉頰，噘起嘴巴。

「這樣呀……啊，那要不要幫忙籌辦舞會做為替代？」

「是要替代什麼啦……」

她的表情從悶悶不樂瞬間轉為「我幫學長想出了折衷方案！」臉不紅氣不喘地提議。而且，她的提議內容實在不敢恭維。

「等等，妳真的想辦舞會？」

「是的。」

我懷疑地看著她，語氣中充滿否定意味。一色卻面不改色，使我忍不住嘆氣。

「現在開始籌辦絕對來不及吧。重點是我不擅長那種東西，不想被牽扯進去。」

「嗯、嗯……我是覺得應該很有趣啦……可是感覺有點難。」

「沒錯……」

由比濱泛起苦笑，雪之下也閉著眼睛，按住太陽穴。我們三人的意見幾乎一致。看見那兩個人也表示有困難，就算是一色也有點打退堂鼓。

「唉，好吧，我自己也知道。但我還是想辦……不行嗎？」

她的語氣少了剛才的氣勢，揪著外套的下襬，抬起視線柔弱地看過來。那副模樣做作歸做作，破壞力卻相當驚人，會讓人忍不住想答應她的請求。

然而，若不在此打消她對舞會的野心，之後想必會變得相當麻煩。

儘管於心不忍，我還是勉強擠出拒絕的話語。

「與其說不行，應該是根本辦不到。理由有好幾個……妳也明白吧。」

理由無須再詳細說明。時間、資金、人力、經驗、情報等等，不足的東西太多了。這些事情用不著我說，一色應該也知道。

就算這樣，她還是提出這個不可能的計畫，八成有什麼理由……比較實際的解決方式，就是問清楚原因，找到妥協點。

在我思考妥協方案時，一色發出沉吟，不知道在盤算什麼。

「是嗎……我知道了。那我們學生會自己辦。」

「嗯，好……咦，什麼？」

我以為自己聽錯，又看了她一眼。不過，那不是幻聽，一色似乎也不是隨口亂說。

她抬起頭，用鄭重的神情凝視我，目光相當堅定。

「……妳有聽見我說的話嗎？」

「嗯。所以我們要自己辦。」

她露出從容不迫的笑容。

既然都到這個地步，我也無法再說什麼。勸她放棄也不是，為她加油也不是，只能發出近似嘆息的聲音。

「這樣啊……」

由比濱同樣目瞪口呆，跟我面面相覷。我用視線問她「這是怎麼回事」，她輕輕搖頭，表示「我不知道」。雪之下則始終緊閉雙眼，沒有參與我們的視線交談。

照目前情況看來，只有一色本人能解開我們的疑惑。我目不轉睛地看著她。

「不用露出那麼意外的表情吧……我自己也知道有困難，被拒絕也在意料之中。我沒那麼笨。」

她看起來挺不高興的，不過我和由比濱都明白了一切。

「啊——所以只是來碰運氣的？」

「原來如此。難怪妳什麼都沒準備，兩手空空前來交涉。」

一色略顯尷尬地癟著嘴，移開視線。

「我、我有想說一起看那部美劇，引起你們對舞會的興趣啦……」

這就叫兩手空空好嗎……不過，老實招供值得稱讚。我對一色投以溫暖的目光，她清了幾下喉嚨。

「總之，如果大家改變心意，對舞會產生興趣，可以來學生會辦公室玩喔。我非常歡迎！歡迎到不會讓你們回家的地步！」

「根本是想壓榨我們……還有，妳真的要辦舞會啊……」

「是的。」

一色的回答沒有變。看來她已經得出結論。只不過，得出那個結論所需的證明，一項都沒有成立。感覺會很棘手……

在我思考該如何是好的時候，雪之下忽然開口。

「方便請教一下嗎？為什麼那麼想辦舞會？」

一色被雪之下突如其來的問題嚇到，肩膀震了一下。這個問句聽起來像是針對一色，不過，雪之下似乎一直在想其他事。

所以一色才來不及反應吧。

「咦？就、就是，想當舞會女王……」

「那是兩年後的事吧？」

雪之下趁一色講不出話的空檔接著提問。一色又是搔臉頰，又是撥頭髮地回答。

「啊——我想現在開始做準備。」

「假設兩年後真的舉辦舞會，妳不需要做準備，也會成為女王。」

「喔、喔……什麼？」

一色眨著眼，看著雪之下，一臉完全不懂她在說什麼的模樣。我和由比濱也是差不多的情況，彼此互看一眼。在一色詫異的視線下，雪之下輕聲嘆息。

「我的意思是，妳沒有『非得在今年辦才行』的理由。」

「不，我絕對沒說過這種話……」

雪之下不理會一色的困惑，只投以她銳利的目光，等待她的回答。一色震懾於雪之下的氣勢，一時顯得不知所措，但她又很快地想到如何回應，兩手一拍。

「啊，妳想想看，明年的學生會長不一定是我呀！所以，只能趁現在籌辦……」

「只要妳有那個意願，一定會當選吧。參選的人本來就少，就算進入決選投票階段，妳有能力也有實際成績，我認為不會有問題。」

雪之下的一字一句，從意義上來看明明是溫柔的，卻因為語氣尖銳，聽起來像在責備人。這段對話彷彿在質問一色，令她無言以對。

「那是因為……呃……嗯，或許是這樣沒錯……」

「既然如此，不妨明年再——」

「不行。」

一色打斷雪之下的話。前一刻她明明還無法回嘴，這句話卻沒有半分動搖。雪之下凝視著一色，用眼神探尋她的意圖。

「……就算我明年說要辦舞會，大概也辦不成，只會跟你們說的一樣，被其他人用不可能、來不及為理由打回票……所以不管有多難，就算會失敗，一定得先為下一步棋做準備……」

斷斷續續的話語在此中斷，剩下努力壓抑住的顫抖呼吸聲，依稀傳入耳中。

在我想問她「還好嗎？」的瞬間，亞麻色頭髮用力晃了一下。

「要做就要趁現在。現在開始，說不定還來得及。」

她抬起頭，用堅定的目光看向雪之下。然而，雪之下仍然面不改色。

「……這麼做是為了什麼，又是為了誰？」

這個沉著的提問，似乎讓一色措手不及。她連連眨眼，嘴巴微張的思考模樣有點像小孩子。不過，她立刻露出得意的笑容。

「當然是為了我自己！」

一色把手放在胸前，身體後仰，高傲地大聲宣言。

厲害，一色。無論那句話是真話，還是用來隱藏什麼的謊言，能夠堅持到這個地步，我也只能給予稱讚。事到如今還問什麼理由，未免太不識趣。

雪之下也驚訝地眨了好幾次眼，最後終於展露微笑。

「是嗎。謝謝妳願意回答。」

她的笑容像是發自內心，彷彿打從心底想問這個問題。或者，也可能是基於純粹的好奇心。雪之下接下來說的話就是如此順口，彷彿早有準備。

「那麼，就來辦舞會吧。」

「咦?真的嗎可以嗎?哇~我最喜歡雪之下學姐了!不過剛剛那是怎樣超可怕的耶拜託別再那樣了我說真的。」

一色跑到雪之下身旁，尖叫著抱住她。雪之下露出不耐的表情，用冰冷的低音說「別這樣」，推開一色。

看到這溫馨的景象，我跟由比濱不約而同地嘆一口氣。

「既然是社長的決定就沒辦法了。該工作囉……」

「……嗯，對呀。」

我自顧自地抱怨，由比濱苦笑著點頭。

總而言之，侍奉社的方針定下來了。有任務就去達成。我伸了個懶腰，動動肩膀。這時，雪之下輕聲對我們開口：

「……那個，可以讓我說句話嗎？」

「嗯？」

我和由比濱看著雪之下，她有點緊張地端正坐姿。

「這個決定是我個人的意思，我不打算強迫你們幫忙。」

「……喔、喔。什麼意思？」

她在說什麼啊？我盯著雪之下的眼睛，她輕輕吸了口氣，挺直背脊。

「那個，也就是說……這不是我以社長身分下的決定，沒有強制力，所以不用把這件事當成社團活動。如果你們願意幫忙，我當然會很感謝。就算只有一個人，我也會負責把舞會辦好……」

雪之下越說越小聲，語意也越來越模糊不清。可能是她自己也不知道該如何表達，放在腿上的手揪住裙子，頭微微垂下，一副難以啟齒地咬著嘴脣。

這番不著邊際的話，讓我疑惑了一下。但我有印象，自己以前也講過類似的歪理。一色大概也感覺到這一點。

不過，這比我當時的歪理更容易突破。

「也就是說，我們可以自由參加吧。」

雪之下看了我一眼，猶豫著張開嘴。可是，在她發出聲音前，旁邊傳來非常溫柔的聲音。

「不是啦，自閉男。」

由比濱指出我的錯誤，但她的語氣不像在責備、叮嚀，或糾正。她的聲音如輕柔的羽毛，我的視線被吸引過去。她搖搖頭，然後望向桌子，吁出一口氣。片刻過後，她對雪之下露出柔和的微笑。

「小雪乃……是想靠自己的力量試試看吧。」

雪之下毫不猶豫地點頭肯定。

啊啊，是嗎。我豁然開朗。確實不是我想的那樣，我確實搞錯了。

無論經過多久，哪怕我們說了千言萬語，用話語層層包覆，結果，總是不講出最重要的內容。她只憑溫柔的一句話，就說中她心中所思。

雪之下雙脣打顫，輕輕吸氣。

「要做就要趁現在，現在開始說不定還來得及……我大概也是這樣。」

一色訝異地睜大眼睛，呆呆看著雪之下的側臉。能維持鎮定的或許只有由比濱。無論何時，只有她能正確領會雪之下的話語。

「所以，我想好好踏出這一步……若你們能在一旁看著，我會很高興的。」

「嗯，那我不會再多說什麼。不過，答應我──」

由比濱伸出小指，雪之下大概是不知該做何反應，只把手伸到不近不遠的尷尬位置。不過，在等待的期間，兩根手指小心翼翼地湊近，纏繞在一起。

「絕對不要勉強。還有，需要人手的話一定要叫我。這跟侍奉社沒關係，是因為我是妳的朋友。妳需要幫忙的時候，我希望能幫上忙……」

「嗯，我答應妳……謝謝。」

打完勾勾後，由比濱揚起嘴角，露出殘留些許稚氣、一如往常的開朗笑容。

「嗯，好。我沒問題了。自閉男呢？」

她的話音清脆得如鈴鐺作響，我一時沒辦法立刻反應過來。

「喔……」

我還是只能做出跟嘆氣沒兩樣的回應。我甚至不清楚自己是在針對哪個問題回答。雪之下不安地抬頭凝視我。

「……我做錯了嗎？」

「……不。就這樣吧。雖然我也不是很懂。」

「你總是這麼隨便。」

雪之下笑了出來，我的聲音也帶著一絲笑意。我終於理解，自己在那優雅的欠身道謝中找到什麼，以及那委婉的話語想表達什麼。會覺得熟悉是理所當然的，能夠理解也極其自然。這股安心與寂寥感，我早已體會過。

「……原來如此，我大概明白了。」

一色咕噥道。她略顯疲憊，嘆氣也有些沉重。雪之下察覺到這點，客氣地問她：

「那個，對不起……妳會在意嗎？只有我一個人，妳可能會覺得不安……」

「啊，不會，我不怎麼擔心這部分，學姐別在意。」

一色對低頭致歉的雪之下回以微笑，然後站起來向她踏出一步，側過身子與她平視。

「那麼，明天起可以請學姐來學生會辦公室嗎？」

「嗯。請多指教。」

「哪裡，我才要請妳多多指教，雪乃學姐。」

一色開玩笑似的對雪之下敬禮，抱起她帶來的東西轉過身。

雪之下似乎不習慣「雪乃學姐」的稱呼，面露疑惑。一色不予理會，快步走向門口，在關上門的前一刻揮手說「拜拜」，離開社辦。

目送她離開後，社辦只剩我們三個人。離校時間已經過了，再不走實在不太好。

「……我們也回去吧。」

雪之下看時間後說道，我跟由比濱都點頭贊同，迅速收拾好東西。由比濱疊好腿上的毛毯，夾在腋下走出社辦。

我也來到外面，雪之下則跟在後頭。

盤踞在校舍的黑暗，使走廊的溫度大幅下降。才隔一扇門而已，就讓人覺得到了另一個地方。

這股刺在肌膚上的寒意，證明了這間社辦是多麼舒適的空間。

既然不是工作，明天起就不用來這裡。思及此，便感到有些不捨。

不過，所謂的自立一定就是如此。像小町安穩地從哥哥身邊獨立那樣，有點寂寞，又令人自豪。因此，這是一件該祝福的事。

社辦的門喀嚓一聲鎖上，彷彿將珍貴的事物鎖進裡面。

那把鑰匙只有她擁有，我從未碰觸過。

5 果然，一色伊呂波是最強的學妹。

在社辦談完事情的隔天，氣溫難得回暖。

強風從一大早便沒停過。即使是放學後，窗戶還是被吹得喀噠作響。透過玻璃照進來的陽光足以溫暖教室，所以今天暖氣難得失業，早早便被關閉。

害怕寒冷，捨不得離開溫暖的教室的同學，今天也一下就跑到外面。

教室內只剩下寥寥數人，於是我也拿起沒特別裝什麼東西的書包，準備離開。

這時，肩膀被人拍了一下。回頭一看，是已經穿好大衣的由比濱。

我大概知道由比濱的來意，默默站起來。她一邊圍圍巾，一邊問：

「自閉男，你今天打算怎麼辦？」

「啊——」

她的問題跟我預想的有點出入，使我一時不知該怎麼回答。

由比濱親口告訴雪之下若有需要，她會以朋友的身分幫忙。我則不同，沒有表明態度，也沒被徵詢意願。因此，目前的我等於沒有工作。

我始終主張「只有非做不可時才做」，這句話沒有半分虛假，未來也不會改變。我現在沒有接到委託或諮詢，也沒有必須履行的責任和契約，或是該贖的罪。

所以，沒必要去社辦。

得出這個結論莫名地費時，我的表情不知不覺轉為苦笑。

「不了，我直接回家。」

我講完才意識到，剛才那句「不了」未免太語焉不詳。但我沒有將內心所想說出來，而是開口問她：

「妳呢？」

由比濱也捏著臉上的圍巾，想了一下。

「嗯……我也回家……」

「是嗎。」

「嗯。」

由比濱點點頭，把臉埋進毛線中。對話到此中斷。

儘管只有短短幾秒，我們之間確實存在著沉默。

在意這段沉默的，大概不只有我。雖然稱不上是證據，我跟由比濱互瞄了對方好幾次。

……怎麼回事？現在是怎樣！

我不知所措，覺得該打破沉默，卻又想不到要講什麼。我像要掩飾尷尬般，重新背好一點都不重的書包。

「……再見。」

「啊，嗯。再見。」

由比濱輕輕揮手。我點頭回應，走向門口，背後傳來啪噠啪噠的腳步聲。

我向後瞥了一眼，看見由比濱回去找三浦。

「我今天也沒社團活動，可以跟妳們一起去～」

「嗯……咦？什麼？妳可以去嗎？好耶！天啊，我完全沒想要去哪。糟糕糟糕，要去哪？」

至於三浦，她本來在弄頭髮玩手機，聽見由比濱意料外的答覆，嚇得看了她兩眼，然後立刻望向海老名。海老名輕笑著說：

「優美子決定就好。反正都是在千葉吧？雖然我也不知道。」

「啊？我決定的話，當然是串家物語啊。」

「喔～吃串炸啊～」

三浦一反剛才的慌亂，不知為何開始裝高傲，海老名則拍著手，隨便附和幾聲。這種對話似乎讓由比濱很開心，她露出天真無邪的笑容問「串炸？要去吃串炸？真的嗎？」一串家物語是什麼啊……大家一起聊串炸嗎？討論串炸？感覺會因為

要從上面看還是從下面看起爭執……（註45）

不管怎麼樣，由比濱放學後的行程似乎定下來了。

我則毫無計畫，現在才開始想要做什麼，默默地來到走廊上。

拜之前的連假所賜，動畫庫存已經消耗完畢，大部分的書也已經在社辦看完。既然如此，只剩下成堆還沒破關的遊戲。之前小町在準備考試，所以我都避免用家機玩——我一邊思考，一邊走下樓梯。

很久沒有毫無顧忌地窩在沙發上打電動，所以我還滿興奮的。尤其是碰到什麼大作備受期待的最新續作時，我可能會連打三天三夜……勇者 Eightman 又～要拯救世界了嗎？

我越想越期待，整個人都快跳起來了。

仔細一想，被迫加入侍奉社前，我都是這樣度過自由的時間。

我來到一樓，走向大門口。

然後，看見把外套夾在腋下走路的雪之下。從方向看來，大概是要去學生會辦公室。她的腳步有點急促，使我猶豫了一下該不該叫她。最後我只是遠遠地目送她離去。

從今天開始，雪之下要跟一色一起籌辦舞會。

註45　改自電影《煙花》，原名直譯為「升起的煙火要從下面看？還是從側面看？」，「討論串炸」與「升起的煙火」日文發音相似。

關於這件事，我並不清楚詳情。除了侍奉社外，我和雪之下沒有任何交集，沒社團活動就說不上話。普通科的我和國際教養班的雪之下，連體育和實習課都不會一起上。

我們平時碰到面的話，幾乎都是偶然。不過，我還是沒有執意問她舞會的事。找不到時機搭話固然是原因之一。更重要的是，我明明沒幫忙，還特地跑去說些「狀況如何」、「有好好幹嗎」之類的話，只會讓人覺得「憑什麼」、「你哪有資格」而造成反感，因此我不敢找她說話。產生這種念頭的瞬間我就已經感覺很不爽了耶？自我意識過剩真是太可怕啦……

在我沮喪的時候，雪之下已經轉過走廊。

在她的腳步中，看不見迷惘。

她抬頭挺胸，炯炯有神地凝視前方，踩著規律的步伐。每踏出一步，亮麗的烏黑長髮便隨之搖晃。

直到她的身影完全消失在視線範圍內，我才總算想起自己正在回家路上。

× × ×

由於是很久沒接觸的家用主機遊戲，我玩了一整夜都沒闔眼。隔天睡眼惺忪地上學，回家再繼續狂玩。

劇情順利推進，玩到停不下來。可是在RPG的世界裡，停滯的時刻終將來臨。其要因就是練等與蒐集要素。等級封頂的難度比較不高，但蒐集要素就可怕了。從小玩寶可夢長大的人，總會得一種非把圖鑑全開不可的強迫症。他們像打開行事曆，發現假日欄一片空白的大學新鮮人，死命地填滿空格。

獎盃、稱號、圖鑑，再加上第二輪以後的自虐玩法……

然而，勉強考上大學的新鮮人努力在暑假大玩一場的結果，就是開學後被人在背後說「那傢伙是不是太拚了」「說實話，偶爾會不忍看」「光是看著就覺得好可憐」「跟他果然很難合得來」，過不了多久，便像斷了線似的失去消息。我的幹勁也像這樣，在途中消失殆盡……大學生好恐怖！

簡單地說，不論是興趣還是遊戲，一旦變成例行公事或被設下目標，便與工作無異。我花了三天三夜才領悟這個道理，今天也是睡眼惺忪地出門上學。

一整天下來，我幾乎所有課堂都在補眠，導致放學時腰痛到不行。

最後一堂班會結束後，我勉強挺起吱嘎作響、陣陣發疼的腰部，扭了幾下，跟某一天和爸爸聊天的時候一樣 **Green Green**（註46）。

嚴重的腰痛及睡意，使我思考起活在世上的喜悅及傷悲，扭著腰一拐一拐地走出教室。

註46　出自美國童謠〈Green Green〉的歌詞，扭腰的擬態詞與Green音近。下文「活在世上的喜悅及傷悲」同為該曲歌詞。

戶塚似乎一直在遠處看著，快步走了過來。

「八幡，你今天一直在睡耶。與其說今天，最近你一直都這樣。還好嗎？」

他站到我旁邊，觀察我的臉色。這個動作宛如親近人的兔子，令我忍不住笑了出來，同時也為讓戶塚瞎操心感到愧疚。

「沒事沒事。我只是這三天都熬夜打電動。」

「這、這樣啊……」

我刻意提起精神回答，戶塚卻不知為何退了幾步。好啦，其實我自己也很清楚。炫耀自己熬夜打電動，人家當然會退避三舍……我沒睡喔～三天三夜沒睡都在打電動喔～咦？你從哪裡聽說我沒睡覺的？從哪聽說的啊～（註47）面對旁人看來都覺得白目的我，戶塚像要重振精神似的以手扠腰，鼓起臉頰。

「可是，這樣太不健康了。電動一天只能玩一小時！」

他豎起食指，用「大家遵守規矩，快樂地決鬥吧」（註48）的態度訓話。這傢伙真是個好人……

戶塚瞄了後面，亦即我剛走出的教室一眼，小聲補充：

「而且你一直這樣，雪之下和由比濱同學會生氣喔？」

註47 改自日本漫畫家地獄三澤的「讓人迷上的名言」。原句為「我看起來那麼像沒睡覺嗎——？你從哪聽說的？從哪聽說的啊——？」

註48 出自《遊戲王》動畫播放片頭曲前插入的標語。

我只能苦笑以對。她們確實是會在這種時候勸戒的好人。
「……最近沒有社團活動，我才能玩這麼凶。」
這句話下意識地脫口而出。戶塚點點頭，表示理解。
「啊，原來你們休息。」
「就這一陣子。所以我沒其他事可做……」
我在回答的時候忍不住打哈欠。我現在好想睡覺（註49）……甚至看見天使了。不，不行不行！我才剛得到戶塚的獎勵……不對，是親親……不對，是親切的叮嚀。要是我表現出想睡的樣子，又會再次得到獎勵。就算是戶塚那樣的人，要求他再獎勵我，也只會換來鄙視的眼神。這樣好像也不錯……
想到這裡，我突然對為自己操心的戶塚過意不去。誰教我從剛剛到現在一直是這副德行！可見睡眠有多重要！總之，今天就別再沉迷於電玩，好好地健康生活。
「嗯，一直打電動確實不太好……戶塚，你最近有哪天有空嗎？」
這恐怕是我有生以來最聰明帥氣的邀約。連我都快迷上自己了。呀──八幡快來抱我！若不這樣幫自己打氣，我可能會羞恥和害羞致死……假如我約的是女生，別說黑歷史了，這段對話八成會像《世紀影像》（註50）那樣留在我的記憶中，成為我人生的負面遺產保存下來！

註49　出自《龍龍與忠狗》中主角龍龍臨死前的臺詞。
註50　日本放送協會製作的歷史紀錄片。

對我來說，戶塚恐怕是我唯一可以親暱交談的男生。雖然能否稱為朋友還需要得到對方的認可，至少在我的心中，戶塚屬於無限接近朋友的類別。

儘管如此，單獨約人出來難度還是很高。不只是我，對戶塚而言大概也一樣。

若是大家在聊天的過程中決定出去玩，倒還算輕鬆。一對多的話，個人的責任會分散到多個方向；不過一對一的話，所有的責任都得由自己和對方扛。也就是說，拒絕方的愧疚感會跟著增加。如果是在團體中，通常只要回答「有空的話就去」大概都不會有問題。之後只要想辦法讓其他人覺得「那傢伙每次都那樣說，最後絕對不會來。我看以後別約他了」即可圓滿地拆夥。我非常推薦。

我高速地在腦內對自己辯解，戶塚則目瞪口呆，雙眼眨啊眨的。咦？這反應是怎麼回事？

在仔細觀察之下，他的嘴巴一開一合，嘴型介於「啊」和「喔」之間，兩隻手也忙得四處擺動。最後，他沉吟了一會兒，接著用力合掌，向我低下頭。

「對不起！平常有社團活動，我不能請假……啊，不過晚上……有時候又有課，而且時間也有點晚……我想想，下週末有練習賽……唔……」

看到他努力想排出時間，又因為身為社長的責任感而左右為難，我非常心痛，同時也很高興他願意為我這麼傷腦筋……在兩種意義上，我都差點掉下眼淚。最近我的淚腺特別脆弱，真頭痛。每個禮拜光是看到光之美少女努力站起來，都會忍不住想哭……

不過，真正感到為難的不是我，而是戶塚吧。誰教我平常都不約人，才會在這種關鍵時刻造成對方困擾。下次小心一點好了。具體上來說，差不多三個月前就要開始安排行程……我在內心打定主意後，馬上開始為目標鋪路。

「沒關係啦，可以下次再約。我說真的。」

我刻意強調「下次」兩字，將希望寄託在未來上，戶塚果然興奮地湊了過來。

「真的？一言為定喔！我會再聯絡你！」

「喔，好……」

戶塚雙手握拳，兩眼發光，反而讓我有點亂了方寸。接著，他用力地吐出一口氣。

「八幡會主動約人，真的很難得呢！約好囉！下次！一定要！」

他伸手朝我一指，我笑著點頭。戶塚也回以微笑，「嘿咻」一聲把球拍袋背好。

「那麼，我去社團了。」

「嗯，慢走。加油啊。」

戶塚飛奔出去後，在幾步路之外對我大大地揮手，我稍微抬起手回應。看著他的背影逐漸遠去，我也向前邁步。

對任何人來說如同家常便飯的事，我好像也終於能夠辦到。雖然目前我還是得集中精神、反覆思考、制定計畫、遵循道理、提出理論、說服自己才做得到。

我並不是希望自己改變，也沒有要改變的意思。這一切幾乎是自然發展下的結果，雖然大部分都只需要依賴戶塚的好意。儘管如此，我確實感覺到自己正一步步地接近別人。

不過，這也是因為對象是戶塚彩加，才能成立吧。

因為現在的我，其他事一件都做不好。

到頭來放學後的行程一片空白，我甚至連回家打電動的興致都沒有。沒工作的話真的無事可做，幸好今天我至少還有睡意。

反正現在腰痛得要命，不如趕快回家睡覺吧。我彎過走廊的轉角，步下樓梯。就在這個瞬間，樓梯間響起尖銳的笑聲，迴盪久久不止。

「呵哈哈哈哈哈哈哈哈哈！八幡，我都看見了！也都聽見了！我知道你現在閒得要命！」

不用回頭都知道是誰。

因此我頭也不回，直接下樓，踏上歸途！

×　×　×

哎，若能乾脆地無視他，自個兒回家去倒還好。但材木座義輝的可怕之處，就在於無法讓你如願。

他一下子討好我，一下子挑釁我，最後哭著求我，把我拖到車站前的薩利亞。

當我回神時，自己已經在大啖米蘭風焗飯，享用飲料吧。

填飽肚子，重新活過來後，我嘆一口氣說道：

「……好啦，我想回去了。」

「且慢，先開個會。」

「啥？」

「輕小說作家跟編輯開會的地方，就是要在薩利亞。」

「喔……」

是喔，我覺得一般會在出版社的會議室或咖啡廳耶……他又在網路上打聽到什麼消息了嗎？

好吧，這傢伙並非什麼事都沒做，只是空有熱情，搞錯方向，再加上從不付諸行動罷了。天啊，沒有半點值得稱讚的地方！

我對他投以半是無奈，半是嘲諷，加起來變成完全是輕蔑的視線。可是因為我回話時打了個哈欠，聲音聽起來好像帶著一絲敬佩。材木座因此心情大好，但他隨後發現我只是在敷衍，而推了一下眼鏡，盯著我在打哈欠時滲淚的眼睛。

「怎麼？你一臉想睡的樣子。」

「嗯，我最近很閒，一直在打電動，不小心就打到天亮。」

材木座動了一下。

「很閒所以在打電動？不像話，太不像話了。」

他聳聳肩，抬起雙手，擺出非常美式的動作。啊——看樣子，他絕對會講很久……為何我們這種男生平時明明沉默寡言，一提到熟悉的領域卻又立刻開啟話匣子，久久停不下來？明知回家後會後悔「啊啊啊，剛才不小心講得太忘我，對方一定覺得我是怪人……」

不過，如果是熟稔的對象，大概就不會顧慮這種事。材木座高舉起手，開始侃侃而談。

「忙到焦頭爛額，擠不出任何時間的時候打電動，才能嘗到最棒的滋味。糟糕糟糕糟糕……現在根本不是打電動的時候……沒有啦，真的！我真的超忙的，沒打電動啦！真的！這次沒有說謊——像這樣邊玩邊在心中辯解，還會產生悖德感，將遊戲體驗帶到更高的層次。這是我的親身經驗。考試前熬夜打電動，隔天去學校時的興奮感乃異常之至！」

「很不想贊同，但又無法否定……」

老實說，我昨天熬夜打電動，今天上學時，真的興奮地在心裡竊笑「完了完了，昨天沒睡耶～完了完了」完了完了～我真的是個怪人～完了完了～

材木座似乎將我曖昧不明的回應視為肯定，得意洋洋地笑著。完了完了～

「所以，你在玩哪款遊戲？」

「喔，這個。」

我用手機連上那款遊戲的官方網站。材木座看了後，推推眼鏡，用極平淡的語氣發出懷念的嘆息。

「啊～這款啊……女主角中途離隊超虐的～」

他沒有特別裝模作樣，態度非常自然。聽到這句話的瞬間，我的眉頭全都皺在一起。

「……啥？喂喂喂，你幹麼爆雷？我已經把種子用在她身上了耶！啊啊……突然玩不下去了……還有你別再玩遊戲，滾去寫稿啦……」

「咦？你還沒破嗎？抱歉……可、可是，這都要怪你自己沒在剛出時就全破！啊哈哈哈活該！」

材木座得意地哈哈大笑。唉，也罷，他已經跟我道歉了……

再說，隔了一段時間才玩的玩家，自己也該做好覺悟。而且不只遊戲，電影跟戲劇亦然。在日本史的課堂上崩潰「真的假的，這名武將會死喔？大河劇之後的劇情被雷了」是不可取的行為。自己想想看，有哪個戰國武將活到現在還沒死？

話雖如此，遊戲環境、視聽環境因人而異。希望大家玩遊戲，看影劇時銘記於心，讓每個人都能好好地享受劇情！

「我是剛發售時就買了，可是一直放著沒玩……小町要考試，不太方便在家打電動。」

材木座邊嚼佛卡夏邊點頭。

「喔～原來如此。對喔，令妹今年國三。她考的是哪一所學校？」

「啊？我們學校啊。我沒說嗎？」

「嗯嗯嗯嗯！在下可沒聽說喔 wwwwww」

「也對，畢竟我們不太會聊畢業後的出路、未來、家庭狀況這類私事。」

「明明就有！我很常講將來的夢想跟畢業後的出路好嗎！今日我就是為此把你叫來。」

我用眼神詢問氣噗噗的材木座「所以你到底有什麼事？」他裝模作樣地發出「鏗隆鏗隆」的咳嗽聲，緩緩用一隻手遮住臉，從指縫間露出的表情充滿苦惱。接著，他伸出另一隻手，自胸前的口袋拿出摺疊的紙片，用食指與中指夾住。在燈光的照射下，我可以隱約看見紙片上的文字。

「之前我不是在圖書室跟你討論過？大綱寫好了……」

「喔——」

我想起來了。大約是在二月初，他突然跑來社辦說要當編輯。不過，這傢伙怎麼老是在寫大綱？我從來沒看過他的成品原稿……雖然這麼想，我還是抽起那張紙。

就在我準備掀開時，露指手套出現在面前，迅速將紙片抽回。

「慢著——太、太丟臉了，你回家再看……」

「什麼啊，難道是情書嗎？還有不要臉紅，超噁心的。」

我一把搶回材木座寫的大綱。既然他叫我別在這邊看，就只能帶回家了。我鄭重其事地把紙折好，收到書包底部。接下來，我八成會徹底忘記它的存在，一輩子都不會打開來看。所以，至少好好地埋葬它吧……

材木座不會知道我在想什麼。他滿足地看我仔細收好大綱，望向遠方嘆著氣說：

「明年就要考試了……這是最後的挑戰。」

什麼最後的挑戰，這傢伙從來沒挑戰過吧？儘管浮現如此疑惑，見他面色凝重，似乎頗為認真，我只能將疑問吞回去。

這對材木座來說，應該也算是一個了斷。

沒有什麼比「考試」更適合做為放棄的藉口。「就業」或許也有同樣的意義。夢想、興趣、社團活動等充滿無限未來的可能性，將被放入名為「社會要求的大人」之模子重新鎔鑄。

正因如此，在任憑世界翻弄，被迫屈服、抹消掉一切之前，我們會想挑戰、抵抗，試圖掙扎，為了成為某種人物而努力捕捉片鱗半爪——說不定連「她」也是。

或許是因為想到這些事，我在不知不覺間沉默不語。不曉得材木座是如何解讀這陣沉默，他用力拍我的肩膀，豎起大拇指：

「別擔心，只是高中最後的挑戰啦。」

嗚哇，竟然給我露出得意的表情……

「不，我不是在擔心你……」

「出現啦～你這個大傲嬌！噗噗——」

他掩住嘴巴，發出噗噗呵呵的笑聲。這個傢伙真的有夠煩……不過，這種時候不管再說什麼，他都不可能好好回應，所以我擺出不耐煩的表情，頻頻點頭應付「好好好，對啦對啦」催促材木座繼續說。看他剛才得意的表情，八成還有什麼想說的。

如我所料，材木座低聲一笑，煞有介事地開始訴說：

「這並不是要放棄。有身為高中生的現在才能寫的東西，自然也會有升上大學後才寫得出來的東西。最短距離未必正確，繞遠路方為吾之正道。」

假如你身為高中生的當下有寫出像樣的東西，這句話絕對相當帥氣……我把這句吐槽放在心裡，沒有說出口。畢竟，我不認為他說的有什麼錯。正因為如此，我決定用最燦爛的笑容，送他另一句話。

「是啊，說不定也有成為重考生才寫得出來的東西。」

「哈、哈、哈、哈！……感覺有點真實，還是換個話題吧。我好像真的有可能要重考，不太想思考這件事。好，不說了不說了。」

材木座仰天大笑，下一秒立刻轉為嚴肅。我看了忍不住苦笑。這傢伙無可救藥的程度，反而讓人安心起來……

仔細想想，材木座是少數認識加入侍奉社前的我的人。雖然我們只是因為體育課時沒有搭檔，才被湊在一起，我跟他仍然是處境相同之人。倘若我沒加入侍奉社，可能會像現在這樣，每天與他一起度過放學後的時間。

……好吧，或許也不錯。

不過偶爾一次就好！老實說，跟材木座相處真的很累！

× × ×

根據早上的新聞報導，關東的梅花也開了。因此我才知道，前幾天的強風是今年春天的第一陣南風。雖然這幾天偶爾還會轉冷，溫暖的日子也不少，可謂三寒四溫（註51）。我感覺得到漫長的冬天即將結束。

大考之神也在吟詠「東風吹來捎芬芳，梅花無主勿忘春」（註52）。在這樣的時刻，入學考的放榜日來臨。

梅花開了，櫻花還沒嗎（註53）——一大早，小町神情自若地喝著茶，只有我一個人內心七上八下。

「那個……我該去上學囉……」

「嗯，小町也要出門了。還有……放榜了會立刻通知，別擔心。」

我煩惱了很久該跟小町說什麼，最後還是只說出這句話。小町對我眨了一下

註51　指冬天時天氣連續冷三天後，接下來會回暖四天的現象。

註52　日本平安時代的詩人菅原道真的和歌。

註53　出自江戶時代之民謠，象徵考試合格。

眼，彷彿在表示「沒事的，小事一樁啦」（註54）。現在的我恐怕比當年等待放榜的自己更緊張。小町大概是要緩和我的情緒才這麼說。看到她從容不迫的態度，我終於冷靜下來。

從前幾天開始，小町突然變得成熟許多。儘管她還是國中生，尚未成年，從她身上看得出「自己已經不是小孩」的自覺。

小町本來就在一些特別的地方成熟，不如說有點世故，現在好像增添幾分冷靜沉著。說是她的成長抑或開始獨立的證明都不為過。真的有種妹妹要離開哥哥的感覺。

我將突然湧上心頭的一抹寂寥藏到微笑底下，急忙準備出門，在玄關對小町說：

「那我走了。」

「好——路上小心。」

雖然不在視線範圍，我還是聽見客廳傳來悠哉的聲音。

我騎著吱吱嘎嘎作響的腳踏車，穿過再熟悉不過的上學路。如果小町考上，我們是不是能一起上學？不，恐怕不會。也許我們偶爾會剛好在同一時間出門，不過應該不會特地一起去學校。我跟小町會藉此維持舒適、適當的距離。

由於腦袋裡都是小町的事，我到學校後，甚至是班會開始和上課中，都一直心

註54《戰姬絕唱》角色立花響的口頭禪。動畫版配音員與小町為同一人。

不在焉。

第二節課即將結束時，我瞄了一眼時鐘。今天我從一早就不斷地看時鐘。如今，時針終於指到我等待已久的數字。

再過不久就要放榜……

我偷偷吐出一口氣後，下課鈴聲總算響起。看著老師離開教室後，我活動一下手臂，放鬆肩膀。這時，我的手機發出震動。

我匆匆忙忙拿出手機，螢幕上顯示著「有一封新簡訊」，以及小町的名字。

一想到這封簡訊將告知小町有沒有考上，我瞬間感到恐懼，猶豫是否該開啟。最後我下定決心，將緊張得快要發抖的手指伸向螢幕。

就在這時，一隻敏捷的野獸衝過面前，捲起一陣風。她的髮束如駿馬的尾巴在空中飄揚，留下美麗的藍色軌跡。

我驚訝地看過去，川崎沙希已經飛奔而出。八成是她的弟弟大志也在同一時間傳了簡訊。我跟著起身，跑出教室。

其他同學見平常都窩在角落的人突然衝出去，紛紛問起發生什麼事，沒過多久便形成一陣騷動。

「咦？怎麼了？發生什麼事？我們也要去嗎？去唄去唄！」

我聽見身後傳來戶部興奮的聲音，但由於下課時間只有十分鐘，現在可沒空回頭。川崎已經華麗地消失在遙遠的走廊盡頭。

她的目的地想必是正門前的榜單。我當然也一樣。最後，我只花不到一分鐘就衝到擠滿人潮、一片喧囂的正門處。

在眾多吵吵鬧鬧的考生中，我馬上找到小町。小町好像也發現了我。

我擦掉額頭的汗，喘得上氣不接下氣，小町則與我相反，極為冷靜地舉起手，慢慢走向這邊。

「啊，哥哥。小町考上囉。」

然後，輕描淡寫地扔出一句話。

因此，我當下反而不知如何反應。急促的呼吸在深深吐出的氣之後平息下來，近似疲勞的安心感，在胸中逐漸擴散。

「是嗎……」

我總算擠出這麼一句話。說真的，我高興得想跳起來，想大力誇獎小町，但是看到當事人一副理所當然的表情，我便覺得我也該配合她。

我甚至想好好地摸小町的頭，不過她已經長大了，還是表現得冷靜一點吧。自己不該再以哥哥的身分，而是以兄長的身分，向長大的妹妹看齊。

於是，我開始思考成熟穩重的男性會講的祝賀詞。

「太好了。太好了……真的太好了。」

然而，講出來的盡是單調的話語。真是令人頭痛的哥哥。跟妹妹比起來，這個哥哥是不是毫無成長啊？我逐漸厭惡起自己。平常那麼愛賣弄文字，這種時候卻講不出適當的臺詞。

我看著小町，擔心她會不會對自己失望。

既然話語無法傳達出自己的心意，至少用最燦爛的笑容恭喜她吧。不過，我的笑容不怎麼好看，還請睜一隻眼閉一隻眼。

可是小町並沒有閉眼。她只是用帶著笑意的眼神，凝視我的眼睛。

「嗯，太好了。真的……」

她點一下頭，偌大的雙眼在陽光下閃耀。講到一半的話被吸鼻子的聲音打斷，深深吐出來的氣息顫抖著。她像是要抑制住似的用力吸氣，但呼出口的氣息還是參雜哽咽。

「真的，真的……太好了……真的太好了——」

小町整個人撲過來，頭撞上我的胸口。肌膚感覺到的溼潤吐息、不規律的抽泣聲，化為聲音的結晶砸在我身上。

不曉得已經多久沒看過小町這樣大哭了。她哭的模樣跟小時候完全沒變。今天早上看起來明明還那麼成熟——我在苦笑之後，猛然驚覺。

啊啊，不對。這傢伙並非真的內心平靜，只是努力表現出冷靜的模樣。為了不讓我和父母操心，或是出於擔心而問東問西，反而帶給自己壓力，才將不安與緊張壓抑在心底。她努力支撐著顫抖不已的雙腳，面對黑白分明到近乎殘酷的答案。

我發自內心覺得，她能得到回報真的太好了。

我的手自然而然伸向小町的頭，輕拍幾下，再撥撥她的頭髮。懷裡的小町又大哭起來。

「嗚啊啊啊啊，哥哥嗚嗚嗚嗚，太好了嗚嗚嗚嗚嗚嗚嗚。」

她哭得太激動，宛如哭戲演得太投入的藤原龍也，我拍著她的背加以安撫。

看來我們兄妹要離開彼此，真正地各自獨立，還得花點時間。到時候不管我再怎麼不願意，小町也會成長為一名成熟的出色女性吧。那樣的一天，或許不會太遙遠。

不過在那之前，可以再讓我當一下哥哥嗎……

我陪著小町好一陣子後，背後傳來川崎沙希銳利的聲音。

「姐，太好了！」

「大志！」

我稍微轉頭，瞥見大志高舉著剛領到的合格者用資料，往這裡走過來。他的聲音相當宏亮，話中充滿驕傲，讓我想到名作《洛基》中，洛基呼喚雅德莉安的模樣。

小町大概是聽見大志的聲音，才想起現場還有其他人。她回過神來，使勁推開我，用制服袖子猛擦眼角。

也是啦。沒人希望自己大哭的樣子被熟人看見。我苦笑著把小町擋在背後。

這時大志注意到我，走向這邊。至於川崎，她在角落獨自仰望天空，不時用手擦眼角。嗯嗯，太好囉，姐姐……

我想像一下川崎的心情，忍不住感慨。大志走到我的面前，擺出勝利姿勢。

「哥哥，我考上了！」

「再叫哥哥小心我宰了你。叫學長。恭喜你考上啦，還有你是誰啊？」

「謝謝！我是川崎大志！呃……比企谷學長！」

大志咧嘴一笑，表情比以前更有男子氣概，變得像個男人了。因此，我決定用充滿男子氣概的方式祝賀他。

「……太好了。好，我來把你拋起來。」

「哥哥要一個人拋嗎？那不叫拋，是德式背摔吧！下面是水泥地耶！會死人的！」

大志伸出雙手阻擋，與我拉開距離。看來他打算徹底拒絕。我露出苦笑，準備跟他說只是開玩笑。

「喔，要拋人嗎？真假？來唄～」

然而，戶部突然在我開口前現身，大河與大岡也跟在後面，他八成是想藉機玩鬧一下。仔細一看，附近還有我們班和別班的人。這麼說來，葉山呢……我找了一下，他在跟老師談笑。看樣子，他好像在幫大家說話。雖然說是下課時間，我們仍然跑出了學校。不過他的貼心之舉遇到戶部等人，顯得毫無意義……

「耶嘿──」

戶部大聲吆喝，率領大和跟大岡圍住試圖抵抗的大志，把他拋起來。

我趁這機會回頭望向背後的小町。

「小町，去跟學校報告。還有，爸媽也是。」

「嗯……」

她帶著仍然泛紅的眼睛，吸著鼻子回答後，拿出手機打電話給學校。我心不在焉地聽著她講電話，看了時鐘一眼。差不多該回教室了……我看向幫忙跟老師周旋的葉山，由比濱從他的旁邊跑過來。

「小町！」

小町抬起頭，迅速講完電話，朝由比濱飛奔而去。

「結衣姐接……」

還以為她終於不哭了，結果一看到由比濱，眼中又泛出淚水。她毫不猶豫地抱住由比濱，哭成淚人兒……妳是不是比在我懷中的時候哭得更厲害？是錯覺嗎？

小町哭哭啼啼報告錄取的消息，由比濱對每一句話都點頭回應，將她緊緊摟在懷裡，額頭碰著額頭，揚起微笑。

「恭喜妳……太好了……妳真的很努力……我也非常高興！」

由比濱的聲音輕柔如耳語，最後的笑容燦爛無比。小町滿是淚水的臉上，也綻放出笑容。

「也趕快告訴小雪乃！」

聽由比濱這麼說，小町也神采奕奕地點頭，拿起手機。但是下一刻，她的動作立刻停下。

「嗚嗚……眼睛太模糊，根本看不清楚……」

「啊……由我來吧。」

由比濱苦笑著撥電話，然後像是自拍似的把手機拿遠，讓鏡頭拍到自己和小町。她們大概要用視訊通話，讓雪之下直接看到小町吧……可是，雪之下會用視訊功能嗎？

我在內心擔憂著，看她們經過一番苦戰，總算開始視訊交談。小町把臉貼在螢幕上大喊「雪乃姐接——」又哭出來了。看那樣子，她完全忘記要聯絡家人……

家人——尤其是老爸——一定焦慮得不得了，擔心小町到現在還不聯絡，莫非是沒考上，然後越來越悲觀……在這邊想像也沒用，我去通知他們吧。雖然老爸一定比較希望小町親口告訴他。唉唷～我們這對父子怎麼這麼像！

因此，前略給老媽。

櫻花開了。完畢。

×　×　×

我目送小町離去，回到教室，心情還是有點輕飄飄，發著呆任時間流逝。確定小町考上後，我整個人放鬆下來，上課內容幾乎左耳進右耳出。

在我細細品嘗這股幸福之際，課堂一節接著一節過去。多虧家裡從小就教導吃飯要細嚼慢嚥，好消息我也能反覆咀嚼兩三次，甚至像牛一樣反芻。

多虧如此，當午休鈴聲響起時，我並沒有覺得很餓。若是平常的自己，早就立刻衝去販賣部搶食物，今天的我則是悠哉地散步過去。

我思考著午餐要吃什麼，準備從座位上站起來時，教室前門發出幾次聲響，接著緩緩開啟。教職員辦公室或社團教室也就算了，真驚訝有人連進一般教室之前都特地敲門……

從門後探出頭的，是雪之下雪乃。

罕見的來客讓教室掀起一陣騷動。在這麼多人的注目下，雪之下依然面不改色，說明自己的來意。

「川崎同學在嗎？」

「……咦？找、找我？」

川崎眨眨眼睛指著自己，聲音有點錯愕。雪之下點頭表示肯定。她們的外觀都很容易吸引目光，使得現在更加成為眾人的焦點。在這麼多人的好奇視線下，川崎一副羞恥難耐的模樣，眉頭緊蹙，滿臉通紅，癟著嘴角快步走向雪之下。

兩人直接在門口開始交談。嗯……完全聽不見川崎的聲音，是因為太難為情嗎……雪之下似乎也配合她壓低音量，所以我一個字都聽不清楚。

旁邊的人也豎起耳朵，打聽發生了什麼事。不過從他們的反應看來，大概沒有任何人聽見。

我猜，大概是關於舞會的話題。偷聽自己不打算干涉的事，實在不太禮貌。

於是這次我真的從座位上起身，走向教室後門。途中經過靠窗的座位時，注意到今天特別安靜，所以我忍不住看了一眼。

由比濱注視著雪之下和川崎。她大概也猜到雪之下的來意，所以才一語不發，默默地旁觀。

然而，這對三浦來說，好像有點不可思議。

「結衣，妳不過去？」

她的語氣冷淡，還帶一點刺。但不可思議的是，我感覺得出她對由比濱的關心。那恐怕是省略大量辭彙，將多種意義濃縮進一句話的高語境文化。由比濱好像也能理解她的用意。

「嗯……如果有需要，她之後應該會跟我說。而且之後我也會去社辦，所以沒關係。」

「是喔──」

由比濱想了一下，微笑著回答。三浦不曉得是否滿意她的回答，曖昧地應了一聲，隨後把玩著自己的卷髮，跟海老名同學互看一眼，兩人都微微歪過頭。

我可以理解她們的反應。由比濱的立場跟之前有些不同，所以她們會感到困惑也不奇怪。

不過，她改變立場的理由，想必是因為稍微前進了幾步。

我側眼看著由比濱她們，離開教室。

× × ×

我在販賣部隨便買了些剩下的東西，帶著ＭＡＸ咖啡，在老地方坐著，以網球社的練習聲，以及綠繡眼的叫聲為背景，享受比平常晚一點的午餐時間。

以現在的天氣，在外面吃飯還有點冷。不過，或許是因為我還沉浸在小町上榜的餘韻中，也沒冷到無法忍受。

今天晚上大概會吃大餐慶祝，所以午餐可以簡單一點。我吃完兩個鹹麵包後，好生享受溫暖的ＭＡＸ咖啡。

在我發呆時，背後傳來哼歌聲與輕快的腳步聲。總覺得這聲音很熟悉……我回頭一看，果然是一色。一色一看到我，嘴巴微微張開，一副想倒退幾步的樣子。

「啊，真的在這種地方。」

「嗯？是啊。怎麼了？」

開頭第一句話好像有點失禮……但這也不是一天兩天的事，因此我選擇無視，直接詢問來意。

「沒什麼，就是有點話想跟學長說……」

一色邊坐到我旁邊，然後好像突然想起什麼，沉默了一下。

「……對了，為什麼學長不在教室！我特地過去找你耶！問別人你在不在很丟臉耶！」

一色大概在回想當時有多難堪，面紅耳赤地用力拉扯我的肩膀大聲抗議。而且，她的抱怨還沒結束。

「而且！而且喔！戶部學長還用超大的聲音問其他人！什麼『伊呂波在找比企鵝誰知道他在哪裡啊耶嘿——』不覺得很扯嗎？」

嗚哇，好有畫面……好啦，我也不知道在那種時候「耶嘿——」是怎樣。不過，戶部確實很有可能幹這種事。假如他的行為完全是基於善意，倒還沒辦法討厭，但那傢伙八成是想藉此向海老名表現「別看我這樣，其實我人很好喔！對唄？」這就很讓人火大了。

「嗯，好吧，對不起啦。雖然錯的是戶部不是我。最後是葉山跳出來幫忙吧？」

我預測之後的發展，一色放開我的肩膀揮揮手。

「不，三浦學姐在那之前先受不了，發飆要戶部學長閉嘴才安靜下來。」

結果是這個發展啊？的確也可以想像……我在腦海浮現那種情景時，一色繼續補充。

「葉山學長建議我去問結衣學姐，結果我就找到這裡。」

「是喔，原來如此……所以妳有什麼事？」

「是的，有件事想拜託學長。」

我再次詢問，一色端正坐姿，兩手抱住雙腿，用水汪汪的棕色眼眸往上看著我。她纖細的手指輕輕揪住我的袖子，亞麻色髮絲隨風搖曳。

「學長……可以來幫忙嗎？」

「沒辦法。我討厭舞會。」

裝可愛攻擊對我已經不管用囉——話雖如此，我還是下意識地別過頭。沒辦法，被她一直盯著看的話，我搞不好就不小心答應了嘛！

何況我之前才拒絕過，馬上改變意見也不好。再說，在這種地方屈服，等於被一色的可愛打敗……

這樣太過不純又太過不誠實。對於貫徹理念、賭上自身存在的證明，根據自身判斷做出選擇的她，是相當不誠實的。我也該對自己的答案有點矜持。更何況，我個人並不贊成辦舞會。若要我自行判斷，而不是看社團的決定，我的答案仍然不會改變。

不過有時候，說出口的話好像會因為聽者不同，使意思徹底改變。一色聽見我的回答，不知為何露出滿意的微笑。她像要墜入夢鄉般垂下眼簾，雙手輕輕放到胸前，抬起下巴，用輕柔如小鳥歌唱的聲音說：

「學長嘴巴上這麼說，被我拜託時還是一副很高興的樣子。」

「……妳覺得我看起來像高興？」

我盡全力擺出不甘願的表情。既然用講的聽不懂，就要用眼神告訴她。

一色大概是不甘示弱，也突然轉為嚴肅。她眯起平時閃亮的大眼，射出一道如利刃鋒利的光芒。

「……你希望我老實回答嗎？」

「咦？妳、妳這樣有點可怕，別那麼認真啦。」

她實在太嚴肅，害我有點嚇到。得趕快轉移話題！

「雪之下不是有在幫忙？出了什麼問題嗎？啊，別跟我說妳們其實處得不太好這種問題。聽了會難過。」

「那個，姑且說一下，我挺喜歡雪乃學姐的……雖然她喜不喜歡我是另一回事，我也不曉得我們處得算不算好。」

起初她還顯得氣噗噗，講到後半卻有點消沉。

不，我認為小雪乃喜歡伊呂波喔……而且挺喜歡的……我看這句話還是不說為百合——不對，是不說為妙。之後她自己會感覺到吧。

這時，一色抬起頭，晃著手指告訴我目前的狀況。

「老實說，準備的過程超級順利。我早就知道她是超能幹的人，不過實際一起工作時，還是會納悶為什麼學生會長不是她。真想炒掉副會長，請雪乃學姐永遠待在學生會。」

「炒掉的不是妳而是副會長嗎……他也很努力啊。我猜的啦。」

只要別跟書記卿卿我我，就是個認真的人……的樣子。所以別在那邊卿卿我我，給我滾去工作！你去學生會是幹麼的？

一色的語氣有點羨慕，有點嫉妒，又有點憧憬，想必雪之下徹底發揮了能力，展現出她的本事。從她的能力與經驗來看，隨便都想像得到。因此，未來的景象也輕易浮現腦海。

「如果妳們相處得來、工作順利倒還好……可是，順利也會出問題的。」

「什麼？」

一色挑起嘴角，瞇起眼睛，露出「你在說什麼啊」的表情。這態度真令人不爽……好吧，不能怪她。畢竟之前校慶時，這傢伙還不是學生會長。

所以她不知道，有些事是因為有人被迫犧牲，才能順利進行。

不如說，策劃舞會的團隊裡沒人知道那件事。再加上由比濱也不在場，儘管雪之下被要求不勉強自己，情勢緊迫的話，她可能還是會一步步地開始逞強。因此需要有人發現這點，並且阻止雪之下，否則會出問題。

既然如此，最好跟一色說一聲。

「算不上忠告啦，不過別太依賴雪之下。她能處理好大部分的事，所以其他人容易把事情交給她辦。可是萬一她累倒，進度會完全停滯。明明沒什麼體力，卻頑固得要命又不服輸，偶爾還會面不改色地勉強自己……總之，勸妳注意一下。」

不打算幫忙的話，或許不該多嘴，但至少讓我給點建議吧。我用不會太多管閒事的語氣說。以一色的腦袋，這樣應該就能明白。

「……原來如此。」

一色安靜地聽我說話，最後自言自語道，看來是聽懂了。然後，她用不可思議的目光看過來。

「我之前就這麼覺得了，學長你……」

咦，怎麼回事？好恐怖……被她用懷疑的眼神盯著看，我忽然開始坐立不安。一色噘著的嘴巴勾起弧度。

「過度保護耶。」

一色的嘴角明明在微笑，語氣卻冷澈如冰，帶著一絲嘲諷。她瞇細的眼睛眨了兩、三下後，恢復成水汪汪的大眼，藉此告訴我剛才是在開玩笑。

這時，我才得以稍微別過頭，吐出屏住多時的氣。

「不，我不覺得……」

我氣若游絲地說，一色食指抵著下巴，歪過頭。

「那要怎麼形容？哥哥屬性？」

「嗯，可能有。」

「學長果然喜歡比自己小的女生？」

「並沒有……」

一色探出身子詢問，我跟著倒退同樣的距離。我否定後，換成一色稍微退回，表現出要跟我保持距離的模樣，調侃似的說道：

「真的嗎～」

「有什麼好騙人的，有妹妹的都會不自覺地用對待妹妹的態度對別人。大概是習慣吧。」

我重新坐正、挺直背脊，把手插進口袋裡耍帥，一副「我早就習慣當個哥哥了」的樣子。一色見了，瞬間浮現無奈的淺笑，嘆了一小口氣。真是驚人的切換速度。如果不是我，八成會看漏。

「勸你最好別再這樣。」

「喔、喔……」

一色用冰冷的話音，直截了當地對我說。接著，她將兩手撐在膝蓋上托著臉頰，百無聊賴地望向操場。

「沒有女生會因為被當妹妹而高興。」

落寞的話語夾雜在寒風中消逝，我認為這句話是發自內心的。

或者是她有類似的經歷。一色應該容易受年紀比她大的男性喜歡，被別人當成妹妹也不奇怪。雖然我無法理解，為何有人會將這個超做作小惡魔學妹跟妹妹並列。畢竟我的妹妹——比企谷小町可是世界級的妹妹。小町之前無古人，小町之後無來者。我從來沒看過超越小町的妹妹，我的妹妹也只有小町一人。我可是從前前前世就一直把「只要有妹妹就好」掛在嘴邊（註55）。

不對，等一下。也就是說，小町也會被其他男性說「你好像我的妹妹喔」之類的話嗎……？

這樣感覺有點……我感到一陣鬱悶，將內心所想直接說出口。

「嗯，是啊。自稱哥哥的傢伙超噁心超羞恥，甚至可以說是犯罪。」

「啥……？嗯，確實很噁心啦……」

一色突然看過來，露出「這傢伙在亂扯什麼啊噁心死了」的表情，跟我拉開距離。然後她清了幾下喉嚨，接續話題：

「不是那個意思。我想說的是，這樣就沒有被當女生看待的感覺。學長被說是像哥哥的話，也不太開心吧？」

「不會啊。事實上我就是哥哥，沒什麼不滿……」

「啊……男生可能是這樣。那──」

一色似乎想到什麼，確認一下喉嚨狀態，閉上眼睛深呼吸，像是準備在演戲前融入角色的女演員。我靜待片刻後，她緩緩睜開眼，面無表情地看過來。預備……開麥拉！

她先是露出客套的笑容，維持那個表情略微移開視線。

註55「前前前世」為電影《你的名字》主題曲，《只要有妹妹就好》（臺譯《如果有妹妹就好了。》）為輕小說作家平坂讀之著作。

「啊、啊哈哈……學長給人的感覺，好像爸爸喔。啊、沒有啦，那個，該怎麼說呢……就，謝謝你一直這麼照顧我～」

這則消息對八幡的內心造成巨大衝擊。

這句話的傷害力未免也太大。若不在心中用第三者角度配上旁白，模仿橫山光輝《三國志》的孔明那樣誇大反應，心臟可能真的承受不住。最重要的在於，我察覺得到她不想表現得太失禮，不想傷到對方的意圖，這點更令人悲傷。對高中生講這種話，絕對是中傷吧？就算我過了三十歲，被小好幾歲的人這麼說也會很受傷！

一色演完近乎完美的戲，用眼神問我感想，我沉重地點頭。

「……超受傷的。擺明被分到另一個類別。更重要的是，我還擔心起自己是不是有老人味，是不是很臭……超想死的。」

「先不論味道，就是那樣。被分在另一區的感覺。」

一色盤著雙臂，點頭如搗蒜，然後又豎起食指給我一個建議，接著補充：

「會對女孩子說『妳好像我的妹妹』的男人，之後十之八九會說出『我已經不把妳當妹妹看了』這種把妹臺詞。這兩句是一組的。」

「我的天啊，什麼鬼……他們把妹妹當成什麼啊……妹妹可是神聖不可侵犯的聖域……真希望他們重新思考妹妹這個概念，好好反省……」

「雖然反應跟我預期的不太一樣，算了……總而言之！」

她翻了一下白眼，勉為其難地接受，接著扠腰擺出準備說教的姿勢，開始她的諄諄教誨。

「以後不可以隨便說女生像妹——」

一色說到一半突然頓住，迅速後退，摀住嘴巴說：

「啊！莫非學長一直打算對我說『我已經不把妳當妹妹看了』嗎現在聽到這句臺詞並不會讓我心動請你下次再來對不起。」

「好好好知道了知道了不會說不會說。」

一色連珠砲似的說了那麼一長串，才停下來深深吐出一口氣。同一時間，我也發出嘆息。

「那個態度是怎樣你根本沒聽我說話吧。」

一色鼓起臉頰表達抗議。誰教妳每次說得那麼快，最後也都是以發卡作結，誰會認真聽啊……

見我滿臉疲憊，一色不悅地用鼻子哼了一聲，別過頭。

「算了。總之麻煩你幫忙囉。」

「啥？什麼？我不是說了嗎……」

用這種態度拜託別人並不算友善，但她好像有點在鬧彆扭，使我不知如何拒絕，一時半刻擠不出話。

經過片刻的沉默。

「因為我不是學長的妹妹。」

一色把嘴脣湊到我的耳邊，輕聲呢喃。她此刻聲音與剛才截然不同，甜美得快要融化，同時又帶著不屈的意志。

她在我有所反應前拍拍裙子，迅速起身，嘴角勾起一抹微笑。

她踩著華爾滋般的步伐輕快離去。裙子在空中描繪出的軌跡、纖細手指的柔美動作、閃耀著光芒飄落的砂粒，跟著逐漸遠去。

「放學後，我在學生會辦公室等你──！」

她在數步遠的地方揮著手說完後，哼著歌走上自己的路。

要回嘴的話，聲音傳達不到；要追上去的話，我也追不到。我怎麼會把技高一籌的她當妹妹看呢？

我等必須修正觀念。一色伊呂波才堪稱是世界級的學妹……

×　×　×

放學後，我慢吞吞地走在通往學生會辦公室的走廊上。

既然沒能當場拒絕一色的請求，只能前去赴約。但事到如今，我該如何拉下臉加入她們？想到這裡，腳步自然而然變得沉重。

可惜，學生會辦公室絕對不遠，我一下子就抵達目的地。

過不了多久，就有人幫忙開門。一色從門縫間探出頭。

「啊，學長。你好慢～」

「嗯，是啊，對不起。」

我確實拖拖拉拉的，所以我乖乖道歉，在一色的帶領下進入室內。

雪之下跟由比濱也在這裡，但是沒看見其他學生會成員。他們或許是在其他地方工作。

如果雪之下要找人幫忙，最先找的八成是由比濱，所以她出現在這裡並不奇怪。由比濱大概也聽一色說過，看到我時只是輕輕對我揮手，簡單地打招呼。

至於雪之下，她略顯驚訝地睜大眼睛，用參雜疑問與困惑的聲音喃喃說道：

「比企谷同學……」

「嗯……一色叫我來的。總之，我來幫忙囉。」

看雪之下的反應，一色八成沒告訴她我會來幫忙。我說伊呂波，報告、聯絡、商量是很重要的好嗎？不請自來只會帶給所有人不幸……

不過，雪之下困惑歸困惑，並沒有特別困擾的樣子。她反而過意不去似的露出苦笑。

「是嗎？不好意思。今天剛好需要人手，真是太好了。謝謝你。」

「不會，反正我很閒。」

雖然這段空閒時間，即將消失在繁忙的工作中……我才剛這麼想，雪之下就以手抵住下巴，不疾不徐地說：

「今天你們家會幫小町慶祝吧？我會盡量讓大家早點離開，如果你之後有事，跟我說一聲就好，我這邊可以調整。」

聽她說得這麼從容，我不禁愣了一下。還以為這裡的氣氛會更緊繃……結果我回話的語氣產生一絲困惑：

「喔，喔……反正老爸會晚回家，不用放在心上……不過當然還是越早結束越好。」

「是啊。那麼，趕快開始吧。」

雪之下露出輕笑，示意我坐到由比濱旁邊的座位。就座後，她便送上一疊文件。

「在請你幫忙前，我先說明一次活動概要。」

她攤開文件，念出上頭的摘要。聽著聽著，一旁不時傳來哼歌的聲音。我看過去，原來是一色在哼歌泡茶，不時還抓起巧克力點心吃……好吧，這傢伙對整個企劃瞭若指掌，用不著再聽一次。而且，她該做事的時候，也會乖乖動手……

「除了企劃書之外還有工作進度表，可以請你看一下嗎？」

我照她所說，迅速掃過文件。根據上面的記載，舞會的規模比之前看的美劇稍微小一點。

體育館將用花籃和氣球裝飾，包含舞臺在內的前方區域是舞池，後方會擺設桌椅提供食物及飲料，做為交誼區。

至於活動流程，以聲勢浩大的乾杯儀式為開場，接著由學生會長及各社團社長致詞。炒熱氣氛後會放舞曲，開始跳舞，其中再穿插搖滾樂團的現場表演，不定時的公開告白活動，然後選出舞會國王、女王，進入男女共舞時間。最後翻天覆地大鬧一場（註56）！由於流程內沒有安排聊天時間，大家可以自行使用舞池外的交誼區。

原來如此，完全不懂。我對舞會一竅不通，跟舞曲和跳舞之類的文化也無緣，所以連一半的內容都看不懂。公開告白是怎樣，新的處刑方式嗎？

總之，看不懂的之後再問人或自己查，現在先從看得懂的開始。

「這活動得花不少錢的樣子。」

這是我看完企劃書後，最先冒出來的感想。雪之下聽了，遞出一張紙。

「我做了試算表。上面有估計的金額，在意的話可以參考看看。」

「沒關係，不用。那種瑣碎的數字由妳計算比較精確。我比較好奇預算要從哪裡來。之前發行免費刊物時，不是把預算用完了？」

「舞會是三月舉辦，我會請他們四月後再請款，用明年的預算支付。假如有非得先結清的部分，就先預支再沖銷。」

雪之下輕輕聳肩，說得輕描淡寫，但我還是擔心是否真的可行。學生會預算是二月底結算，把三月的活動支出算進下一期還可以理解。重點是，照理說下期預算早就分配好了……我心生疑惑，這時我們熟知的舞會女王・伊呂波妹妹竟然哼著歌，愉悅地開始幫大家泡茶。這傢伙是沒其他工作可做喔……

註56 原文為「ドッタンバッタン大騒ぎ」，出自《動物朋友》主題曲〈歡迎來到傑帕力公園〉。

「所以，明年的活動可能會稍～微縮水。不過這也沒辦法。」

「沒問題嗎……」

由比濱接過用紙杯裝的茶，苦笑著說。一色將托盤抱在懷裡，疑惑地歪過頭。

「我看不會有人發現吧？大家都不知道學生會在做什麼呀～」

「嗯……好吧，我應該也不會發現。畢竟我不瞭解學生會的狀況……」

努力思考過後，由比濱把紙杯放到桌上，無力地垂下頭。啊——被駁倒了嗎……看到她的反應，一色瞬間氣勢大漲，高高舉起拳頭。

「正因為這樣！只要在對的時候辦一場大的就會很有學生會在認真工作的感覺而且也不會被說什麼！」

她說得一點都沒錯，因此更顯現出性格之惡劣……我看向會在這種時候獻上忠言的良心——雪之下。可惜時機不巧，她正在工作。她抱著名為會計資料的厚重檔案夾，一邊用指尖翻閱，一邊比對電腦畫面上的資料。

「我正在計算舞會的支出，之後有不少可以刪除的項目，所以應該不至於對明年的預算造成太大的影響。再說，預算好像每年都會剩餘，剩下來的部分可以拿來相抵。」

雪之下闔上檔案夾，露出得意的微笑。

嗯……總覺得不太妙。愛賣弄小聰明的鬼靈精和少根筋的實力派，感覺會產生不明的化學反應。明明事情進展得很順利，我卻漸漸不安起來……

為了減少一些不安要素，我決定自己也來研究試算表。逐一確認各個會計科目時，我的腦中突然浮現一個疑問。

「服裝的預算不用估計嗎？大家總要打扮一下吧。」

「對，服裝由參加者自行準備。我們頂多幫忙跟出租業者交涉。」

雪之下回答後，拿出服裝出租店的型錄，遞給由比濱。她真瞭解我，知道我對這種東西毫無興趣……反觀比濱同學，她的眼睛閃閃發光，一頁一頁翻著型錄。

女生想必會嚮往這種禮服。而且是難得的派對，也會希望打扮得漂亮點吧。不過，男生又如何呢？根據網路上的說法，在出版社的宴會上，受邀的女性漫畫家大多都穿著盛裝華服，男性漫畫家則大多穿得跟平常一樣，有人甚至穿運動服。

「……每個人都要穿成這樣嗎？」

我用這個提問暗示自己沒有意願。一色聽了，點點頭表示可以理解。

「的確。有的人可能不想穿成那樣。我們建議穿著正裝，不過並沒有強制。」

「不過在氣氛影響和同儕壓力下，大家應該還是會盛裝出席……我們也不用將不成文規定特地明訂出來，給人抨擊的機會。」

雪之下如此補充，臉上浮現徒具其形的微笑，一色也笑咪咪的。她們的笑容一個美麗，一個可愛，可是為何我最先感覺到的是恐懼呢……

我將視線移回手邊的試算表。老實說，由於沒有精確的資訊，我無法判斷這些數字是否合理。不過目前列出來的項目，感覺都在預算範圍內。就算籌備過程中需

要追加支出，也有一定程度的預備費和雜費可因應。

「……我看應該沒問題。除了漏掉人事費。」

「好，謝謝你幫忙檢查。可以麻煩你在確認過的項目打圈，表示沒問題嗎？」

看她笑得那麼開心，我只能跟著微笑。

接著，雪之下收起笑容，伸手指向我手中試算表的幾個數字。

「但這些金額還沒完全確定。像是餐點部分，我會換成比之前的謝恩會更便宜的廠商，目前正在等待報價。裝飾用的花也會跟社團送給畢業生的花束一起訂購，現在正在議價階段。」

「喔……這樣啊……」

我看不只副會長，會計也快被炒魷魚了吧……雪之下的實務能力好像更加精進，可以改名為雪之下雪乃ＲＸ了。把舞會統統交給她一個人，想必都不是什麼問題。一色也不斷點頭，彷彿在說「現在就交給ＲＸ吧（註57）」。這樣一來，會長也準備失業囉～

總而言之，根據雪之下準備的資料，舞會的可行度確實比當初所想的高出許多，理論上應該辦得成。之後就是處理好不能靠理論解決的問題。這恐怕才是最難的。

比如說，期限、時程表這種東西就不講道理。它們沒有人心。「我看會很勉強

註57《假面騎士 BLACK RX》的臺詞，後衍生為「有這傢伙一個人就夠了吧」。

喔」「加油吧！」「講白點，來不及啦」「加油吧！」「對不起，辦不到」「加油吧！」

「……是」以上的情況並不罕見。這種時候，只能藉由光速移動來減緩時間的流逝。

這已經是科幻領域……

於是，我拿起下一份資料——工作進度表，看看自己在意的時程問題。這份進度表大概是雪之下親手製作，還具有確認功能，完成的項目就用網格上色。

透過這樣的設計，工作進度即可一目了然。開頭部分已經統統上色，越往後面，空白的面積越大。還有一段漫長的路要走……

反過來說，光是能在短短幾天內完成企劃書和試算表，就相當值得稱讚。這個人根本是怪物……

從進度表看來，籌備工作的節奏也很快。妳到底有多努力啊……已經上色的欄位中，還有幾個非常麻煩的工作。

例如列在最前面的「向校方、家長會提出舞會企劃，並得到同意」。只要搞定這一關，就等於解決了大部分的問題。雖然底下用米字號附註「僅口頭同意，需透過日後的中途報告取得正式同意」，既然他們已經私下商量好，我看是穩贏的吧……贏定啦！呼哈哈！

除此之外，後面的評估預算、製作活動流程表、公布消息、選曲、開設官網、召集各社社長等諸多事務都幾乎處理完畢，或標示為預計完成。就企劃階段來說，可謂沒有比這更好的起頭。

尚未完成的，大多是製作裝飾品、當日營運事宜、設置會場等需要花時間或動手做，以及得等活動接近才能開始的工作。

這些項目必須實際做過才能判斷可不可行，不安要素就在這裡吧……之後我大概也是被派去幫忙這一塊。

我又從頭看一遍進度表，了解之後要負責的工作——忽然間，我注意到一行字。

「喔……公布消息啊。原來妳們已經宣布要辦舞會了。我都不知道。」

我帶著既新鮮又驚訝的心情開口。下一刻，室內的氣氛瞬間凍結。大家對我投以發現新種生物的眼神，其中又以一色表現得最明顯。她一臉莫名其妙地盯著我。

「啊？為什麼你不知道？」

「咦？因為根本沒聽說啊……對吧？」

我詢問消息掌握度理應跟自己差不多的由比濱。只見她扭了一下身體，癟著嘴巴，一副難以啟齒的樣子。最後才咕噥道：

「……我知道啊。」

「咦？為何？大家在邊緣我？」

「才沒有邊緣你！我才想問你怎麼不知道……啊，對喔。」

由比濱突然想到什麼，掏出手機。一色似乎也馬上明白，發出一聲低呼，跟著拿起自己的手機。

她們一起把同樣的畫面秀給我看。隨著「ＬＩＮＥ！」的神祕音效顯示出來的，是某個已經相當普及的通訊軟體——ＬＩＮＥ。

「我們建立了舞會執行委員會的官方帳號，用它發布消息。ＬＩＮＥ算是我們這個世代接觸頻率最高的媒體，所以選為主要傳播媒介。」

經過雪之下的說明，我終於理解。現在的高中生確實都用ＬＩＮＥ聯繫，是最快的溝通工具……我當然不會知道！因為我沒有在用嘛！

「喔～原來如此……咦，妳也有用ＬＩＮＥ？」

「最近開始用的。很方便喔。可以輕鬆取得喜歡的店家情報和折價券，有的時候回應店家，他們還會傳照片來。」

雪之下藏不住笑容，開心地分享ＬＩＮＥ有多方便。我隨口附和，偷瞄由比濱。由比濱接收到我意味深長的視線，臉上浮現苦笑，點頭暗示「對，就是你想的那樣」。看吧～我就知道是貓咪咖啡廳！

有其他更值得介紹的地方吧……正當我這麼想，有個看來會幫忙講解的人湊了過來。

「對了，學長為什麼不用ＬＩＮＥ？不會用嗎？還是你是昭和年代出生的？」

「我是如假包換的平成少年。妳太小看昭和出生的人了，那些大叔也會用ＬＩＮＥ喔。我只是因為沒那個必要，自發性不去用。」

我咬牙切齒地糾正一色失禮至極的發言。雪之下算扶著臉頰，點頭贊同。

「確實如此。現在連企業也在用，所以不是專屬於年輕人的通訊軟體。」

「該說因人而異吧。不管是大叔還老爺爺，只要有需要，都會去學習用法。」

現在的老爺爺老奶奶，早已學會用ＬＩＮＥ跟孫子聊天……想到這裡，我的腦中浮現溫馨的情境。由比濱聽了，不知為何露出尷尬的複雜表情。

「可是，大人傳ＬＩＮＥ都會故意裝年輕，看得好痛苦。每次都看到一堆表情符號、貼圖跟長輩圖……而且還用跟平輩講話的語氣，感覺好老氣。」

「真的～超土的！沒想到文字也能散發老人味。」

一色連連拍手贊成。奇怪，我的背後怎麼插了好幾支箭……

「妳們怎麼那麼清楚？」

「我爸爸有在用ＬＩＮＥ。」

「我也是。」

喔，究竟是怎樣的「爸爸」呢……是指令尊對吧？不知道為什麼，我有點害怕問這問題，所以改問別的吧！

「不過，只用ＬＩＮＥ發布訊息夠嗎？也有我這種沒在用的人。」

「我們有跟應用程式連動，在其他社群平臺同步宣傳，也在討論區告知和設立官網，應該沒問題。」

雪之下想也不想便立刻回答。說完後，她忽然笑出來。

「刻意不使用通訊軟體，不跟他人保持聯繫的人，根本不會想參加舞會吧。實際上你就是如此。」

「……超有說服力。」

想不到自己平常的行事風格，會是對自身疑惑的解答。我又～不小心駁倒人了嗎？真想嘗嘗看敗北的滋味。

我兀自點頭，雪之下露出大姐姐般的成熟微笑。

「還有其他問題或不明白的地方嗎？」

我思考了一下，關於她拿給我看的資料，目前並沒有疑問。只不過，有個地方令人在意。

「……沒什麼問題，但有個搞不清楚的地方。雖然現在才問出來有點好笑，舞會到底是什麼？我連大致的概念都想像不出來。說實話，我最想知道這個。」

一開始一色找我們商量的時候，還有剛才看活動架構的時候，我都在疑惑。

由比濱眨眨眼睛。

「咦？舞會不就是那部戲裡的派對嗎？」

「嗯，是沒錯……但就算我們重現那場舞會，怎麼想都不可能百分之百相同。」

我想不到該如何形容這種異樣感，而陷入沉吟。由比濱也跟著動腦筋。這時，一臉什麼都知道的一色開口了。

「我知道我知道。是只有我們才辦得到、只屬於我們、專門為我舉辦的舞會！對不對？」

「完全不對……」

什麼專門為妳舉辦的舞會，虧妳能改得臉不紅氣不喘……
「是嗎不對嗎那請問是怎樣？」
一色瞇眼瞪過來。我知道答案的話，就不用在那邊絞盡腦汁了啦。我別過頭，逃避一色的視線。
「……那麼，來創造答案吧。」
跟雪之下對上視線時，她揚起沉穩的笑容，故作神祕地回應，然後從座位上站起。

× × ×

我們離開學生會辦公室，來到體育館。
若是平常，現在應該是室內競技類社團的練習時間，但眼前卻是截然不同的景象。前方舞臺區已經設置好派對會場，掛在天花板上的鏡球，照亮從外面搬進來的花籃與氣球裝飾。
「喔……好壯觀……」
由比濱環視體育館，吐露發自內心的感想。我則有一種突然被扔到異空間的感覺，連如此簡單的感想都說不出口，只是愣在那邊。
「細節之後再說明，可以請你們先去換衣服嗎？川崎同學在側臺幫忙準備服裝，由比濱同學，麻煩妳協助她。」

「OK！」

雪之下從容不迫地說，由比濱精力十足地回應，跑向側臺。然而，我可不能照做。川崎是指那位川什麼的嗎？原來她也在啊。這到底是什麼狀況？雪之下見我杵在原地，訝異地問道：

「一色同學沒跟你說嗎？」

「沒有……」

伊呂波妹妹，這是怎麼回事？我望向背後的一色，只見她露出「糟糕」的表情。好吧，下次再好好訓她一頓，現在先以掌握狀況為重。

「所以，現在要做什麼？」

「拍攝舞會的介紹影片，還有放在特設網頁上的照片，順便裝好機材測試一次。」

雪之下手指的地方，有數臺學生會成員設置好的攝影機。她略顯尷尬地接著說：

「然後，我想找願意入鏡的人，便拜託一色同學……」

「……妳說拍影片是吧？」

我和雪之下不約而同地看向一色。面對兩人份的壓力，就算是她也察覺到情況不妙，盯著地板冷汗直流。雪之下見了，疲憊地嘆息。

「放心，後製階段會把入鏡者加工到認不出來，初剪時也會請你檢查。話雖如此……在一無所知的狀況下被拜託這種事，也很為難吧。」

她之所以提到加工和檢查，是想給一色臺階下吧。雪之下的臉上帶著淡淡的苦笑。

真難得，她竟然沒有生氣……之前的她八成會冷冷地問「一色同學？」這時，一直在抱頭呻吟的一色站了出來，向我鞠躬道歉。

「對不起非常抱歉這次我真的有在反省請不要誤會因為之前稍微談到其他事情我就忘了這件事……再加上我有跟戶部學長他們拜託所以不小心搞混以為也有告訴學長……」

「戶部？」

在一長串連珠炮般的話中，我聽到意外的人名。她抬起頭，順便將垂下來的髮絲勾到耳後，點頭回答：

「是的。我找了戶部學長和足球社的一年級社員當臨時演員，請他們來炒熱氣氛，其實就是路人。」

「我也請我們班的人跟一色同學的朋友做女性演員。」

聽完雪之下的補充，我思考了一下。既然是用來介紹活動的影片，為了營造氣氛，人數的確多一點比較好。聊勝於無嘛。

「原來還有其他人……好吧，人夠多能讓我混進去就行。我答應。」

「……對不起。」

「不，我自己也沒先確認工作內容。」

一色這麼老實，反而讓我不太習慣，而忍不住苦笑。雪之下也露出笑容。

「謝謝你，真的幫了很大的忙。因為我不太好意思一直要求不熟的人重拍……」

「不要以重拍為前提好嗎……總之我去換衣服。」

「啊，衣服在這邊。」

一色率先邁步而出，我用眼神跟雪之下道別，雪之下也點頭表示「麻煩你了」。在一色的帶領下，我前往跟由比濱不同方向的側臺。途中，一色沮喪地咕噥道：

「……學長之前說的話，我現在稍微理解了。」

「什麼？」

我追上去走到一色的身旁，她依舊盯著地板。

「一切都進行得很順利，或者說學姐在不知不覺間幫我處理掉很多事，所以有點太大意了。學姐幫忙善後的，大概不只這件事。再這樣下去，真的會變成什麼事都依賴她……」

她的語氣非常消沉，聽得出相當後悔。看來她還記得我在午休時說的話。憑一次失誤就能回頭反省自己的其他過失，已經算是很優秀。我到現在都還無法承認自己的失敗……我一邊警惕自己，一邊說：

「現在注意到不就行了？這點小失誤就能讓妳提高警覺的話，還滿划算的。」

「是……我之後會小心。」

我講得輕描淡寫，但一色仍然面色凝重，應聲後又緊緊閉起嘴脣。在自己得意的時候出包，真的會很難過……打工也是，稍微上手之後便自以為很厲害，結果犯下意想不到的失誤，還要上司幫忙收拾殘局。那種愧疚和羞愧感，真的讓人很想死！

我也有過這種經驗，自然會想安慰她幾句。

「下次有什麼事記得早點講。雖然就算妳提早說，我也會一直碎碎念，最後還是乖乖幫忙啦。所以，不用那麼難過……」

「就是說嘛！」

我話還沒說完，一色就迅速抬頭，展露微笑。我瞬間啞口無言。下一刻，一色又跟剛才一樣垂下肩膀。

「開玩笑的……我會把皮繃緊一點。」

她開那個玩笑，應該也是為了激勵自己。我從一色的聲音中感覺到決心。

來到側臺後，一色打開旁邊的門，我跟在她的後面進入。室內放著講臺、麥克風架等各種器材，還有椅子跟全身鏡，讓工作人員在活動期間休息。

「衣服都放在椅子上。尺寸不合的話，那位學姐──是川崎學姐？會幫忙調整。」

「了解。」

一色對我行禮，轉身離去後，我馬上開始換衣服。

脫掉制服，拿起備好的衣物。這是晚禮服嗎？我分不清它跟西裝的差別，感覺好像結婚典禮上穿的……胸前有皺褶的立領襯衫和領結，我還知道怎麼穿，但旁邊那個不曉得是別針還胸針的東西，我搞不懂是什麼……之後再問吧。

我換好衣服，照照鏡子，看見一個神情憔悴，宛如快要死掉的鋼琴家。嗯……這樣就行了嗎？我沒穿過晚禮服，所以不是很清楚。不用準備禮帽、斗篷跟白色面具嗎……

幸好尺寸還算合身。我拿起最後才要繫上的領結，模仿了一下柯南，扣好釦子。由於不習慣這種衣服，穿起來比想像中還費時，我加快腳步走出側臺。

回到雪之下的身邊時，我發現一名盛裝打扮的陌生美少年。對方的服裝頗有特色，外套後襬特別長。那件禮服叫做 Tailcoat，也就是燕尾服，連我都知道。

「太好了。看來尺寸沒問題。」

美少年忽然向我搭話。看見那抹輕柔的淺笑，我才終於認出對方。

「喔喔，雪之下嗎……妳怎麼穿成這樣？」

身穿燕尾服的雪之下聽我這麼問，不安地一下伸直手臂，一下整理領子，一下提起外套下襬。

「果然很奇怪？」

「不，一點都不奇怪……」

我反而要說，太適合了。黑白色的燕尾服，將雪之下的白皙肌膚襯托得更加美麗，後襬及長褲也強調出修長美腿。綁成一束的長髮隨著身體擺動搖曳，增添虛幻氣息，再加上纖細的身軀，使我想到「紅顏薄命的美少年」一詞。正因為雪之下的五官標致，更加散發出倒錯的美感。我甚至嗅到危險氣息。

「好帥，跟電影裡的角色一樣……」

「哎呀，謝謝誇獎。以你的水準來說，這句場面話還不錯。」

我如此形容那超脫現實的氛圍，雪之下掩嘴一笑。純白色的手套，更突顯脫離現實的感覺。

「不，我是認真的。如果是漫畫改編的真人電影版，應該會得到好評。」

「這樣聽起來，反而有點不像讚美……」

她嘆著氣按住太陽穴的模樣，也像是在演戲。不過，她的下一句話將我拉回現實世界。

「你也跟電影裡的登場人物一樣，很適合這身裝扮。簡直像男主角……旁邊會欺負他的貴族……的跟班。」

「比黑道小弟還慘，不用勉強誇我沒關係。」

「沒這回事，很適合你。再整理一下就會體面許多。袖釦和口袋巾給我。」

雪之下脫掉手套，伸出手。我遞出口袋巾時，心想「她的手是不是比手套還白？」還有，袖釦又是什麼？我想起口袋裡有個用途不明，像是飾品的道具，便把這個東西交給雪之下。

「袖釦是指這個嗎……」

這時，雪之下忽然抓住我伸出的手臂，我嚇得想把手抽回。她在我動作前迅速捲起外套袖子，拉住襯衫袖口，扣好袖釦。除此之外，她還俐落地摺好口袋巾，放進我的口袋。

「標準三帆摺法……這樣就差不多了吧。」

她輕拍我胸前的口袋，表示大功告成，並且滿意地笑了笑。

「喔、喔喔……我看過這種摺法。是結婚典禮上的那種對吧。」

「舞會本來也是學習這種禮儀的機會。雖然我們基本上不太會用到。」

「我們幾乎只是角色扮演嘛。」

「我不喜歡這種說法，不過，確實如此……」

她皺著眉頭說，重新戴上手套。

「所以，為什麼要穿燕尾服？」

「我還想拍舞會國王和女王共舞的畫面，但是想不到有誰會跳舞，只能自己來。」

「喔——妳還會跳舞啊。」

「略知一二而已。可是我穿男用禮服不會好看，燕尾服就顯得有模有樣。意外地不錯吧？」

雪之下優雅地轉了一圈。光是這麼一個動作，就美得令人戰慄。原來如此，飄揚的後襬是燕尾服才能做到的效果。重點是，雪之下本身的存在便很引人注目，舞藝也絕對不只略知一二的程度吧……

「跟妳一起跳舞的人真可憐……」

「別擔心。我們之前練習了一下，一色同學滿有天分的。」

她一派輕鬆地說，但我不是那個意思，問題在更根本的部分……不過，雪之下的舞伴人選也讓我訝異。

「原來是一色。」

「嗯。人家可是未來的舞會女王。很合適對吧？」

又是一副「沒什麼」的態度……首先，一般人是不會跳舞的喔？伊呂波沒問題嗎……我有點擔心，尋找起一色的身影，雪之下好像也察覺到我的意圖。

「那麼，該去迎接公主殿下了。」

她瀟灑地走向側臺，背影像極了王子殿下。

我說，這位王子意外地樂在其中呢……

×　×　×

剛走進體育館時，我只覺得彷彿身在異空間。隨著時間經過，演員逐漸到齊，現場開始有舞會的氣氛。掛上黑色簾幕，關閉照明，打亮聚光燈後，便彷彿置身電視劇的場景。

充當臨時演員的學生似乎也感染到氣氛，再加上遲來的祭典男・戶部賣力地吵吵鬧鬧，眾人有說有笑。男生基本上穿晚禮服，女生也穿著禮服。在舞會裝扮的影響下，許多第一次見面的同學也很快地打成一片。比起舞會，感覺更接近聯誼派對，不過都很熱鬧就是了。

尤其是我所處的角落，有化身成男裝麗人的雪之下雪乃，以及嬌豔的小惡魔．一色伊呂波，更顯得賞心悅目。

一色的禮服以橘色為底，相當引人注目。鮮豔色彩營造出開朗的氣息，輕飄飄的短裙則讓人聯想到活潑的少女。裝飾在胸口等重要部位的蕾絲則隱隱透光，強調出女性的魅力。

她帶著小惡魔般的笑容，滿足得不得了。

「雖然不該這樣講，有美少年隨侍在旁的感覺真棒……全身輕飄飄的……」

一色感動得發抖，雪之下面露厭惡。

「那妳還講……可以離我遠一點嗎……」

「這是紳士的義務。學姐剛剛不是很紳士地來迎接我嗎——哎呀~我還真的不小心小鹿亂撞了一下……」

一色回想先前的場景，笑得口水快流下來。我也立刻知道她在指什麼。剛才去接一色的時候，雪之下王子太投入其中，毫不猶豫地讓一色勾住手臂，一路陪她走到會場。

結果，會場尖叫聲四起，一色的自尊心也得到滿足，才變成現在這樣。

「……我也有在反省。」

雪之下的口吻比起反省，更接近懊悔。她不再跟著演戲，甚至有點累的樣子，開始拍片前就顯露疲態。她好像也有自覺，於是呼出一口氣，重振精神。

「差不多該開始拍攝了。我們要先商量一些事，比企谷同學，請你去叫由比濱同學來。她應該換好衣服了。」

「了解。」

我聽從雪之下的指示，走向側臺。由比濱跟川崎一起幫其他女生換衣服，全部搞定後才輪到自己。

我敲了幾下側臺前室的門，裡面的人不耐煩地回應「進來！」這種恐怖的感覺，絕對是川崎……我輕輕地打開門。

由比濱剛好換完衣服，在做最後確認。

她的禮服是接近白色的淡粉色，不過，帶點透明感的布料反而使她顯得成熟。也有可能是由比濱的身影使我這麼認為。她的領口大膽露出，線條在腰部束緊，勾勒身體的曲線。裙子雖然偏長，由於側邊開了高衩，看起來不但不厚重，還會隨著身體晃動而輕飄。總是綁成丸子的頭髮編成花冠，我倏地想起某位王子在不久前用過的稱呼。

然而，看到她在鏡子前面傻笑，這些感想瞬間消失無蹤。

由比濱站在全身鏡前，對自己東摸西摸，似乎對領口和裙襬很在意。

「哇啊……這件禮服……太棒了。」

「不要動。」

川崎站在由比濱的身後幫忙調整長度，雙手一刻也不得閒。她的聲音有點冰冷，由比濱瞬間挺直背脊，然後把手放到腰部。

「遵、遵命……那、那個……腹部想再緊一點……」

「啊？等一下不是要跳舞？這樣不會太緊？」

由比濱提心吊膽地提出要求，川崎幾乎快要咂舌。但仔細聽的話，可以發現她是在關心由比濱。或許是因為這樣，由比濱也沒有退縮，反而用小孩子撒嬌的聲音說：

「啊，嗯嗯……我、我會忍耐！」

「唉……我調整一下。」

她不耐煩地嘆氣後，迅速達成由比濱的要求，按一下她的腰。

「好，這樣就沒問題了。妝妳自己化。」

「啊，嗯！謝謝妳，沙希！對不起喔自閉男，讓你久等了！我馬上準備！」

由比濱急忙坐到梳妝臺前，用領巾圍住脖子以保護禮服，迅速攤開化妝用具。

「慢慢來沒關係。她們還在討論事情。」

「嗯——」她一面上妝，一面含糊地應聲。川崎默默從她後面經過，快步走向我所在的門口，一臉疲倦地說：

「那我回去了，剩下你們自己處理。」

「嗯，辛苦啦。不好意思，她們好像臨時才去拜託妳。」

「是啊。」

我想慰勞她，卻被瞪了一眼……嗚嗚嗚對不起～我縮起身子低下頭，接著聽見難以判斷是嘆息還是輕笑的呼氣聲。

「那件禮服的裙襬很長，鞋跟也高，叫她在習慣前注意點。」

「喔，好。」

川崎十分冷淡，卻又溫柔無比地說完，從我旁邊走過去。她的背影看起來相當疲憊。唉唷～川崎這個傲嬌！怎麼這麼可愛啊——我如此心想，目送她離開。

室內剩下我跟由比濱，再加上我閒閒沒事幹，目光自然而然地飄了過去。梳妝臺前的由比濱用刷子刷臉到半途，突然停止動作。

「那、那個……那樣一直看著，我會很彆扭……」

我們的視線在鏡中交會，由比濱有點害臊地跟我抗議。方才刷過的臉頰，浮現淡淡的粉紅色，看到她這樣，我也跟著不好意思，移開視線。

「啊，抱歉。別管我，請繼續。應該已經差不多了吧？還不夠嗎？」

「咦……還不行。」

她盯著鏡子思考片刻，又立刻動起手來。

「是、是喔……」

我覺得很夠了說，妳已經夠漂亮了——我將差點接在後面說出口的話吞回去，只簡短回應。由比濱用完刷子後，換拿起脣筆。

「因為要拍影片耶，拍得不好看怎麼辦？」

「雪之下說會把影片後製成看不出是誰。」

「那是放到網路上的版本，原本的檔案會留著，不會刪掉。換成是我才不會刪……所以，我想美美的留在影片裡。」

由比濱平靜地說完後，在嘴脣塗上淡淡的口紅。她抬起下巴動了動，從不同角度觀察臉部，慢慢用脣筆修飾線條。淡紅色的嘴脣散發光澤，鏡中的她跟平常判若兩人。緊盯著鏡子的表情，少了以往的稚氣，彷彿成為遙不可及的存在。所以，我忍不住開口：

「是這樣嗎……」

「就是這樣！好，大功告成！」

由比濱不是對著鏡子，而是轉過來對我微笑。光是這個動作就令我放下心來，同時也發現自己為之屏息。為了掩飾這點，我下意識地搔搔頭。

「你也要整理頭髮嗎？」

「不了……」

「咦——可是你的頭髮亂七八糟的。這可是介紹影片，要把儀容整理好啦。你那樣實在是……」

由比濱視線看著我的頭頂，表情轉變為憐憫。這、這麼慘嗎……看來是真的不行。再說，該建立良好印象的介紹影片裡出現邋遢的傢伙，確實不太好。

「好吧，稍微弄一下……借個髮蠟。髮膠也可以。」

我走到梳妝臺前，由比濱便讓出座位。我受過小町的指導，整理髮型這點小事還是做得到的。既然穿著禮服，弄個油頭之類的簡單造型，就可以有模有樣。問題是由我梳油頭的話，只會增加小混混度……

我準備拿起桌上的髮蠟時，背後伸出一隻手把它搶走。我回頭一看，由比濱若無其事地說：

「我幫你整理。你自己弄大概會變得很奇怪。」

「咦，徹底否定我的品味……好吧，我無法反駁……不過這點小事——」

「交給我交給我。我真的很擅長這種事！」

話還沒說完，由比濱就抓住我的頭轉向鏡子。好痛好痛好痛還有超難為情的我頭皮的汗腺全張開了汗要冒出來啦！我慌張得要命，由比濱卻興致勃勃地哼著歌。

「這位客人～有沒有哪裡會癢？」

「不用玩這種遊戲了，趕快弄好……」

在害臊和頭皮冒汗之下，我全身僵硬。接著不知為何，由比濱的手也停下動作。咦，怎麼了？嫌頭皮的汗噁心嗎？對不起喔～我從鏡中看見由比濱的面色凝重。

「你的頭皮好硬……以後會禿頭喔。」

「喂喂，其他話都可以說，就是這句不能。講出來會引發戰爭喔……」

「騙你的騙你的！很軟很軟！我搔我搔我搔！」

「好癢好癢別搔了別搔了！住手……拜託停下來求求妳……」

我發出哀號，雙手把臉遮住，縮起身體。我現在的表情一定很難堪，不但自己不想看到，也不想被別人看到。同一時間，纖細的指尖纏上我的頭髮，慢慢梳成一束一束。由比濱哼的歌，不知不覺中變成溫柔的旋律。

像是在梳頭髮，又像在撫摸頭的感覺，以及不時的指尖輕按，逐漸使我的身體放鬆。我有如躺在砧板上的鯉魚，閉著眼睛一動也不動。

「……好，完成了。」

聽到這句話，我才睜開眼睛。鏡中的由比濱歪著頭，用視線詢問我感想。我輕點幾下頭，表示很好看。真的，好看到我自覺配不上。由比濱見我一臉滿足貌，微笑著將手放到我肩上。

「你也要拍帥一點喔。」

「交給我吧。影片後製技術越來越厲害，科技的力量是萬能的。」

「哈哈，什麼啦。」

她笑著拍了一下我的肩膀。這樣一來，我們都打扮完畢。我站起身，踏出腳步前往會場，背後跟著響起由比濱的腳步聲。她走得緩慢而優美，不像平常發出啪噠啪噠的聲響，因此我想起一件事。

「川崎叫妳小心裙襬和鞋跟。」

「啊，這樣呀。走起來確實不太方便。在習慣前應該會走得很辛苦……」

「對啊……而且，這裡很暗。」

我微微抬起左臂，挺直背脊，挺起胸膛收下巴。還有不要慌張嗎？我記得是這麼教的。

由比濱訝異地看著我好一會兒，才理解到什麼，輕笑出來，默默地搭上我的手臂。就跟之前某次一樣。

我們為這個行為找了許多藉口，在短暫的路程上，踩著同樣的步伐緩慢前行。

× × ×

影片拍攝得很順利。最大的原因應該是原本擔心的國王與女王共舞的畫面，幾乎是一次到位。雪之下和一色展現了相當精湛的舞蹈。

雪之下謙虛地說自己對舞蹈僅略知一二，結果一開始就驚豔全場。皮鞋發出響亮的腳步聲，華麗的轉圈掀起燕尾服的後襬，純白手套溫柔地執起舞伴的手——每一個動作都讓現場的臨時女演員興奮得尖叫。

至於舞伴一色，由於經驗畢竟有落差，從頭到尾只能緊緊跟著雪之下的腳步，偶爾還不小心踩到她的腳，動作也算馬馬虎虎。不過，她每次失誤時垂下頭的模樣頗為討喜，雪之下用微笑掩飾她的失誤時，一色也用可愛燦爛的笑容回應。竭盡全力裝出的愛憐少女模樣，讓在旁觀看的男生心動不已。

觀眾們統統報以掌聲及歡呼，氣氛非常熱鬧。

然而，趁休息時間檢查影片的一色，似乎不是很滿意。

「拍得很帥很漂亮，歡呼聲也很熱烈，但還是跟預想的差很多……好像什麼正式的舞蹈比賽……」

「是啊，我也覺得跟想像中不一樣……」

從一色背後探頭看螢幕的雪之下，按著太陽穴嘆氣。我在一旁聽著，也試圖回想剛才的畫面，開始思考。

嗯，的確……比起大家同樂的舞會，更像是在看表演……

一色點點頭，大概是得出跟我同樣的結論。她回頭看向雪之下。

「算了，共舞時間的影片就用這個吧。我想再拍一些很 High 的畫面。」

「不受拘束，盡情喧鬧的景象……那麼，拍大家一起跳舞的畫面好了。以妳和戶部同學做為攝影機跟拍的主角，可以嗎？」

「也只能這樣了。唉……」

一色看起來超不甘願……這也沒辦法，誰教雪之下不擅長應付那種人。正當我這個局外人在心裡苦笑，雪之下不知為何往這邊看過來。

「……還要再拍一段影片備用。由比濱同學，還有比企谷同學，方便麻煩你們嗎？」

「咦？」

由比濱愣住了，我也目瞪口呆。這傢伙在說什麼啊……

「等等，我從來沒跳過舞……」

我稍微舉起手，由比濱也用力點頭。我說，妳以為是在演舞動青春（註58）喔？

這時，一色踩著小碎步走過來。

「這部分隨便跳就好。像在俱樂部跳舞的那種感覺。」

她一手扠腰，另一手晃晃食指說道。這個說明跟沒說明有什麼兩樣……真是敗給她了。這時，雪之下也走過來，苦笑著幫一色補充。

「模仿別人就行了。我只是想做為備用，畢竟可編輯的片段越多越好。不然，你可以想成是負責襯托一色同學他們。」

「喔……那我倒是很擅長……」

綠葉演員這個綽號可不是浪得虛名。而且雪之下說的有道理，材料確實越多越好，再加上未來恐怕不再有這種大陣仗拍攝的機會，與其事後才發現少東少西，煩惱要怎麼辦，不如趁現在多拍一些。這個判斷並沒有錯。

這樣一想，明明十分合理，我卻覺得怪怪的，好像有某個部分說不通，缺少一片關鍵的拼圖。

註58　日本漫畫家竹內友的作品，以社交舞為題材。

「嗯……真的要由我們兩人嗎？」

由比濱試探性地詢問，我瞬間有種拼圖拼上去的感覺。然而，這股感覺馬上被雪之下的回答打散。

「因為這個部分比較突出，我不好意思找其他人，你們能幫忙的話就太好了。如果有困難，我是可以想其他方法……」

「啊，我不是那個意思……如果妳不介意，那就好。」

雪之下想都沒想就回答，由比濱露出有點為難的笑容，在胸前搖搖手，答應她的請求。對方都那樣說了，當然不好拒絕。事實上，今天聚集到這裡的人，大多是基於善意與熱心而來，自然不方便勉強人家。

「總之，先跳一次看看吧。」

一色拍手下達指示，眾人開始動作，我和由比濱也混進人群。我依照吩咐站到指定位置，正前方就是由比濱。

「……妳會跳舞嗎？」

我小聲詢問由比濱，她略顯為難地癟起嘴角。

「不知道……啊，不過如果只是要『耶～』的感覺，配合氣氛跳就好了吧！」

「『耶～』的感覺嗎……」

「對對對，就是這樣！耶──」

由比濱勉強自己興奮起來，搭配偶像風的動作、手勢教我，但我還是一頭霧水，最後大嘆一口氣。旁邊穿禮服的戶部大概是對「耶——」起反應，搭住我的肩膀。

「喂喂喂~比企鵝~High 一點唄？是『耶嘿——』吧？來，耶嘿！」

雖然完全無法理解，可是唯有此刻，那股沒來由的幹勁顯得異常可靠。

「喔……你好像很習慣……」

這句話一半是在自言自語。戶部咧嘴一笑，得意地開始當起老師。

「對唄？哎唷，安啦，別擔心。就那樣嘛。真的跟著節奏跳就穩了啦。該怎麼說咧？基本上就隨音樂起舞唄？音樂一下就跳舞！像醬？」

「戶部學長，不用講那麼多廢話你好吵。」

在一色毫不留情的數落下，戶部低呼「糟了糟了」，不甘願地回到原地就位。

儘管他的建議毫無參考價值，現在需要的或許正是那種態度。既然如此，唯一能嘗試的就是模仿戶部。演唱會上出現沒聽過的曲子時，只要有人先打信號，就能跟著一起喊口號。

我做好心理準備，靜靜等待音樂響起。接著，燈光轉暗。

舞會的經典曲目流瀉而出。聚光燈四處移動，鏡球的光從天花板照下。

起初每個人都動作僵硬，頂多配合節奏擺動身體。直到以戶部為首的幾個人高舉起拳頭，一些人才跟著照做。他們用力拍手打節奏，大家的距離逐漸拉近。踏出一步轉身，再踏出一步擊掌，途中參雜搞笑的機器人舞，還有人大膽地勾住彼此的手臂。

在眾人開始沉醉於音樂及舞會氣氛時，下一首樂曲響起。雖然不到抒情曲的程度，這首曲子比前一首柔和許多。

到目前為止，我只是模仿其他人，隨音樂搖晃身體或打響指。除此之外，我實在沒辦法順利融入，只能像節拍器一樣，用腳和頭的動作表現節奏。這時，空出的手被拉了一下。

由比濱靦腆地笑著。因為不停活動而加速的心跳，又瞬間變得更快。我下意識地瞄了旁邊幾眼。

眾人半是好玩地隨便跳著華爾滋，有些人則維持若即若離的距離，盯著對方的腳看。

所以，根本沒人注意這邊，只有由比濱看著我。我輕輕將空著的手放上她的肩膀，她也將手繞到我的肩上。我不知道該如何跳舞，只是晃著身體，她前進我就後退，她往旁邊移動，我就跟著移動。與由比濱接觸的部位逐漸發熱，我滿腦子擔心著自己的手汗，再加上彼此的臉相當貼近，我甚至不敢大力呼吸。

比想像中還痛苦，主要是精神方面……我不禁開口咕噥一句，為自己的行為正當化。

「抱歉，我流很多汗。」

「啊，嗯，因為挺累的嘛。」

「不，我是指，流那麼多汗很噁心，應該趕快去死對吧？」

「咦？太誇張了吧！而且超自卑的！」

由比濱笑著說，然後曲子又變了。這首我有印象，在那齣美劇的結尾播過。由比濱的視線移向旁邊。

我跟著看過去，一色和戶部跳得很起勁。雖然動作及節奏都亂七八糟，他們好像很樂在其中。戶部想摟一色的腰，卻被直接拍掉，一色的轉圈像要使出回旋踢……不愧是我們的舞會女王。

音樂結束後，場內響起如雷的掌聲與歡呼。大家就這樣聊起天來，興奮地跟朋友或舞伴拍照。

看樣子，我們擔心的影片用畫面，應該是順利拍攝完畢。

這一刻，疲勞感一口氣湧了出來。我搖搖晃晃地離開舞池，前往備有食物的餐桌區。

我喝著飲料，重新觀察舞池和舞臺的裝飾。

原來如此，這就是舞會……好吧，氣氛我大概懂了。我果然不適合這種活動。

6 忽然，由比濱結衣開始想像未來。

拍攝結束後經過幾天，我和由比濱再度被找來學生會辦公室。

坐在對面的一色將一疊紙整理好，慎重地遞給由比濱。

「要放在官網上的照片整理成清單了。如果有不能用的就請刪掉。麻煩兩位幫忙檢查。」

「好。嗯……你要一起看嗎？」

由比濱接過那疊紙，像扇子一樣攤開來。我搖搖頭。

「不了。搞不好我會想全部刪掉……交給妳吧。」

「原來如此……了解。那我來看。」

由比濱苦笑著接受我的理由，拿出筆，一張一張仔細檢查起來。她不時發出「呀——」或「哇啊……」的低呼。女孩子真的很在意照片中的自己好不好看……

我在一旁閒著沒事，於是用手撐著頭，瞥向由比濱手上的照片清單。這時，正在使用電腦的雪之下問我：

「怎麼樣？有沒有多少消除你感覺到的不協調感？」

「嗯。實際體驗過後有好一點，也能理解妳所謂的『創造答案』。」

我回想當時雪之下不明所以的發言，接著說：

「因為比較對象只有外國片，無法清楚地想像到底是什麼樣子，不過多少有抓到感覺。雖然這樣講不太恰當，我對舞會稍微不那麼抗拒了。看到影片的人也會這樣想吧。」

「是嗎。這樣看來，拍影片的意義足夠了。只是要介紹舞會的話，用網路上的圖片也可以，但我認為還是要有切身的情境才好想像。」

她略顯得意地挺起胸膛，那姿態有點滑稽，我忍不住笑出來。

事實上，這段影片應該會發揮效用。連對舞會抱持負面印象的我都這麼想，更遑論有意參加的人。

雪之下或許想利用這段宣傳影片，進行某種在地化工程。我們對舞會的認知，以及影片或照片之類的東西，幾乎都來自國外，文化及人種的差異難免會產生想像上的障壁。即使將舞會上的人換成自己，體格和規模差距也會如實呈現出來。在這種情況下舉辦舞會，大家可能會覺得「跟想像中的不太一樣」、「好寒酸」等等。因此，我們必須展示日本流——或者說是總武高中流的舞會範本，灌輸「舞會就是這樣」的觀念。

「不只學長，來幫忙拍片的人好像也留下好印象，河道上討論得很熱烈喔。你看～」

一色秀出手機，螢幕上是昨天參加者上傳到社群平臺的拍攝場景。身著禮服，盤起頭髮的女生照片下，留有「超～級好玩～」之類的訊息。可是，貓耳跟假鬍鬚把她們的臉遮住了……大眼眶和大眼珠再加上白光效果，根本看不出原本的長相。

「啊——我也有看到。很多人都有上傳照片。」

由比濱抬起頭說，一色點頭附和，又快速滑動螢幕，秀出更多拍攝現場的照片。其中大部分都用 SNOW 或 BeautyPlus 等軟體後製過，無法分辨誰是誰。不過，每個人都顯得很耀眼，看起來非常愉快。

其中也有幾張略為大膽的照片，例如男女生肩膀靠在一起，或是臉湊得很近，甚至還有禮服領口大大敞開者。有些人可能會因此皺眉。事實上，我現在的眉頭就皺成一團，很想大喊「拍個片而已，有必要那樣放閃嗎？」但我也沒資格說別人！唔喔喔——光是回想起來就害羞到爆！好想死！因此我決定不去追究……

無論如何，每張照片下的貼文都是正面的，其他人的回應也大多是「讚耶！」或「我也好想參加喔～」等等。當然也有人持負面意見，不過數量極少，應該可以忽略。

「既然附帶的宣傳效果也不錯，我們投入這麼多資源就值得了。」

雪之下閉著眼睛點點頭，又喀噠喀噠地敲起鍵盤，開始工作。

由比濱利用這段時間挑完照片，在清單上大筆一揮，交還給一色。

「嗯——大概這樣吧？」

「謝謝學姐。那我馬上去做特設網頁。」

一色一面沉吟，一面仔細確認照片，並且將筆電拉過去，操作起軌跡球。

「謝謝你們。不好意思，還麻煩你們特地跑一趟，已經沒事了。」

雪之下暫時停下手，向我們微微低頭致謝。我們忍不住眨了眨眼。我花了一點時間，才理解這句話的意思。

「……咦？沒事了嗎？」

她愣了一下，手抵著下巴思考起來。

「嗯，我是這麼認為的……需要動手製作的部分有學生會幫忙，目前也沒有其他缺人手的工作。對不對？」

「咦？嗯……啊，嗯。既然雪乃學姐這麼說，那就是了。」

面對突如其來的問題，一色在腦中進行沙盤推演，看著其他方向沉思，最後支支吾吾地回答。不過，雪之下似乎早就計算好進度，點頭表示肯定。

「亟需人手的時候可能會再請你們幫忙。到時候會再通知。」

見她這樣笑咪咪地說道，我也只能接受。沒有工作和可以早點回去，本來應該是值得高興的事，這麼乾脆地放人卻讓我無法釋懷。在我不知所措時，一旁的由比濱倏地起身。

「嗯，你們辛苦了。加油！需要幫忙時再叫我。」

她迅速整理好東西，用手肘輕戳我的肩膀。

「好了，我們走吧。」

「喔，好。」

在她的催促下，我才跟著起身離席。

「那麼，再見。」

「嗯，辛苦了。」

「辛苦了～」

我向她們道別，雪之下跟一色從螢幕後面探出頭簡單回應，然後又埋首於工作中。留在這邊打擾她們也不太好，因此我和由比濱馬上離開。

我們走在走廊上，朝大樓門口前進。從窗外照進來的陽光，比平常放學的時候更加刺眼，告訴我太陽還高高掛在天上。

「沒事做了呢。」

走在旁邊的由比濱低語道。

「……我一直都閒閒沒事做就是了。妳不跟三浦她們出去玩？」

「我有說今天要去幫忙，而且她們好像也有事。」

「喔……」

由比濱泛起淡淡的苦笑，我無精打采地回答。

對話到此中斷，走廊上只剩兩人的腳步聲。之前也發生過類似的沉默。好像是沒必要去侍奉社的那一天吧。想到這裡，我輕瞥一眼身旁的由比濱，正好跟她對上目光。直接別開視線也很尷尬，因此我開口詢問：

「……要不要去哪裡晃晃？」

「咦？」

與其說驚訝，她的表情比較像呆愣。這個反應比起意外，更接近莫名其妙。糟糕，好像說了什麼不該說的話……我感覺到臉頰正在發燙，趕緊拉高圍巾遮住。

「啊，沒有啦……我想買些東西……要慶祝小町考上，還有她的生日。」

我絞盡腦汁，勉強擠出搬得上檯面的理由，隔著圍巾口齒不清地說。由比濱好像明白了，兩手一拍，靠過來敲我的肩膀。

「不錯呀！走吧走吧！我也要買點東西～要去哪要去哪？」

很高興妳這麼興奮，可是請給我一點時間思考好嗎……

「咦？我也還沒決定……啊！想起來了，之前一直想去LaLaPort。」

我彷彿接收到天啟，下意識地握緊拳頭。沒錯沒錯，就是那裡啦！我在內心歡呼，由比濱則面露疑惑。

「LaLaPort？是可以，不過為什麼？」

「聽說那裡有專賣MAX咖啡的自動販賣機，我想去那裡買M罐。」

我自己說完，才想起小町之前聽見這個理由是怎麼念我的。又說錯話啦……不過，由比濱卻一秒答應。

「好啊，那就去 LaLaPort。你到底有多喜歡MAX咖啡？」

由比濱輕輕一笑，露出「敗給你了」的表情。她答應得這麼乾脆也讓我嚇一跳，反射性回問：

「咦？可以嗎？」

「咦？不行嗎？」

由比濱用「你自己說要去，現在又在搞什麼」的眼神回望我。我接受這道視線，吁出一口氣讓自己冷靜下來。

「沒有，沒什麼不行……那就 LaLaPort 囉。總之，先去車站。」

「嗯！快走吧。」

由比濱用充滿活力的笑容和聲音回應，走到我的前面，輕快的腳步聲於走廊上迴盪。我也加快腳步追上她。

× × ×

我們的學校距離 TOKYO BAY LaLaPort 並不遠。

從學校搭電車過去只有四站，所需時間約十分鐘。加上等車和步行時間，全程也不到三十分鐘。

因此，一路上沒有發生什麼冗長的沉默。雖然對話偶爾會中斷，每每看到乘客上下車和窗外風景時，都能很快地找到「人好少喔」、「之前那裡辦過活動」之類的話題。不如說，由比濱一直很努力地找對話的機會。

到了 LaLaPort 後，我們繼續有一句沒一句地閒聊。

「對了，你打算買什麼？」

「我反而想問妳買什麼比較好。」

「一開始就推給別人？」

「呃，因為我對這些店不熟……」

由比濱震驚地後退幾步，我回頭望向剛才走過的地方。這一帶是流行時尚區，可是我對這方面不熟，只能呆呆地看著店面。

而且一踏進 LaLaPort 就立刻看到女性內衣專賣店，我瞬間感到相當難為情，一下子就舉白旗投降。現在我只跟在由比濱的後面走，有點像跟蹤狂。

若是要買我自己的東西，兩三下就能解決，才不會那麼煩惱，但這次是要買小町的禮物。雖說是妹妹，遇到要挑禮物送女生的時候，我的品味根本不可靠。由比濱好像也能體諒，走在我前面到處物色。

「嗯……要買什麼呢？既然是要給小町的，髮夾之類的怎麼樣？」

「啊──有道理。但那傢伙的喜好很明確，收到不合胃口的東西，大概也不會多高興。」

「是嗎……」

由比濱似乎想說「我不這麼覺得」。在那之前，我先接下去：

「正是。她八成會說『喔～謝謝哥哥～小町好高興嘿嘿』，然後一輩子都不會用。」

「你模仿得不太像……不過，也是啦。如果爸爸送我奇怪的禮物，我可能也不會用。收到錢還比較高興。」

「妳的爸爸好可憐……」

我們在閒聊同時，站在外面物色了好幾家店，但是都找不到適合的禮物。

逛完靠近車站的區域後，腿開始有一點痠，於是我稍微停下腳步。就在這時，之前在網路上看過的畫面映入眼簾。

「啊，MAX咖啡的販賣機就在這附近。我去買一下。」

「是喔？」

「嗯，不會有錯。我事先調查過了。」

「這個你卻特地查過了？去查禮物要送什麼啦！」

我不理會由比濱的中肯意見，穿過人流走向自動販賣機。面向馬路的其中一個出入口，設置了好幾臺自動販賣機，那臺黃色自動販賣機也存在其中。

「喔喔……這就是MAX咖啡的販賣機……聽說是期間限定，我還以為搞不好已經撤了……」

我深受感動，拿出手機拚命拍照。嗯——這黃色的感覺，讚！

「喔——好酷。外型真的跟MAX咖啡一樣。」

跟過來的由比濱似乎毫無興趣，既沒有特別拍照，也沒有上傳到IG炫耀的意思。

……沒辦法，跟她解釋一下好了。

「不只外型相同，繞到後面的話，會發現上面還有營養成分表喔。重現度是不是很高，能感覺到愛？」

「喔——」

……果然沒興趣！

其實也不意外。一般人聽到專賣MAX咖啡的販賣機，根本不會有什麼反應。雖然我本人看得很開心。拍完照片後，我最後再以販賣機為背景，比出橫V手勢自拍。由比濱看了，不禁笑出來。

「……不過這樣一看，設計得滿可愛的。」

「對吧！它之前換過好幾次包裝，現在的POP風絕對是最讚的！可愛到爆！」

「你也太興奮了吧？而且，我也不知道之前的包裝長怎樣……」

我不小心激動起來，由比濱無奈地嘆氣。

「算了。我也來拍吧。」

她拿出手機走向前，站到我旁邊，並沒有特別打信號就按下快門。她的動作之流暢，讓我連拒絕的時間都沒有。因此，那張照片中的我，表情大概會很可笑。不過，就算她先徵求我的同意，我八成會紅著臉移開目光，最後還是一樣露出可笑的表情。

所以，現在的照片還比較好。

「……照片也傳給我。」

「嗯。」

由比濱盯著手機，回答得相當鎮定。她俐落地操作幾下，我的手機馬上發出震動。打開一看，是她傳的訊息。

夾帶在訊息中的照片打著滿滿的白光，充滿閃亮的星星，兩個人還長了狗耳朵、狗鼻子、狗鬍子……加工成這樣，完全不用擔心侵犯肖像權。我苦笑著把這張照片保護起來。

「好。目的達成了，回家吧。」

「哪裡達成了。還不能回去好嗎……」

我意氣風發地準備踏上歸途，由比濱嘆一口氣，扯住我的袖子。

「要不要去那邊的ＩＫＥＡ看看？有滿多雜貨的。」

她指著另一棟建築物。ＩＫＥＡ是創立於瑞典，遍布世界各地的家具量販店。日本的第一家分店就在千葉縣船橋市。不愧是千葉，日本第一。

漫無目標地在寬敞的 LaLaPort 亂逛也沒效率，轉移陣地的確是個好主意。我點頭贊成後，兩人便往ＩＫＥＡ出發。

這一帶的商業區靠海，這個時節的海風依舊寒冷。剛踏出購物中心，便感受到強烈的溫差。我和由比濱小跑步跑過天橋，口中不斷地喊著「好冷好冷」。

過沒多久，我們進入ＩＫＥＡ，兩人都鬆了一口氣。店裡的暖氣自不用說，入口處的沙發和地毯看起來也很暖。

「先到處逛逛吧。」

我跟著嫻熟的由比濱搭電梯上樓，抵達展示區。這裡展示的家具、家飾、雜貨都可以拿起來看。其中還有預先搭配好家具，設定「三人家族住的勝鬨區大廈」、「讓人變聰明的ＬＤＫ」等主題的樣品房，宛如一座小型主題樂園。

喔——我第一次來家具店，滿有趣的嘛。「輝夜姬想讓人告白（註59）」也挺有趣的。差不多就這種感覺吧～我腦中浮現單純的感想，環視店內。

經過「在浦安享受一個人的悠閒生活」樣品房時，由比濱探頭窺看。

有什麼讓她好奇的好東西嗎？例如坐六百三十萬次還不會壞的扶手椅……我也走進那一區。

裝潢以白色為基調，衣櫥和收納櫃井然有序，使不算大的空間顯得寬敞。還善

註59　改自日本漫畫家赤坂アカ的作品《輝夜姬想讓人告白～天才們的戀愛頭腦戰～》，「家具店」與「輝夜姬」日文同音。

用牆壁跟櫃子上的空間，小飾品也擺得很整齊，更深處還有一個小廚房，以及放洗衣機的地方。

這樣就算一個人住，確實也可以悠哉度日。我趕走不斷對自己耳語「八幡，你就搬去這種地方吧」的腦內老媽，由比濱則在裡面走來走去。

她環視整個房間，發出讚嘆，然後大概是因為累了，坐到牆邊的床上。接著她轉頭看向我這邊，隨口問道：

「你上大學後，會搬出去一個人住嗎？」

「要看大學和學部。如果考上多摩或所澤那邊的學校，就不想從家裡通勤。雖然我目前想考的大學，都在通勤範圍內。」

我拿起桌上的精緻小瓶打量，如此回答。由比濱發出參雜佩服與驚訝的聲音。

「你決定好要考哪裡了啊……」

「以我的成績來看，適合報考的私立文科學校並不多。我只是在裡面挑幾個可能有興趣的學部報考。與其說決定好要考哪裡，更接近刪去法。」

我將空瓶放回原位。裡面明明空無一物，卻發出異常沉重的聲音。為了揮別這個念頭，我又補充一句：

「我並沒有什麼特別想做的事。」

所以才要去大學尋找——這句話我沒能說出口。

我自己也隱約意識到，就算上了大學，恐怕也不會遇見命運的邂逅或決定一生的夢想。

活到現在，我從來沒有熱衷於什麼過。以這樣的個性，大概不適合尋求夢想。即使發現了感興趣的事，要嘛在哪裡遇到挫折，要嘛半途而廢，要嘛欺騙自己「其實沒有那麼喜歡」。這些都是可以想見的結果。

我不認為這有什麼好悲觀的。大部分的人都是這樣。

雪之下陽乃說，人類就是這樣經歷許多放棄，慢慢長大。

有些人在放棄之前，連目標都未曾擁有過。比如我自己。那麼，連放棄都做不到的人，未來會變得如何？

我發現由於這些胡思亂想，自己跟由比濱的對話中斷已久。

我急忙望向由比濱，她的視線落在我手邊的空瓶上。

「小雪乃已經決定好了吧。好快喔……」

她的呢喃聲可以視為感嘆，亦可以視為悲嘆。我啞口無言，想不出該如何回應。不過，由比濱似乎不需要回應，她輕輕吐出一口氣，對我展露微笑。接著，她注意到我始終站著，便「嘿咻」一聲挪動身體，讓出一人份的空間給我坐。

彈簧發出的吱嘎聲異常地有臨場感，害我不小心嚇到。但由比濱都特地為我騰出空間了，拒絕她的好意也不好，還反過來顯得我好像很在意，亂噁心一把的。雖然我確實很在意、確實很噁心！於是，我小心翼翼地坐下。

「你小時候的夢想是什麼？」

或許是因為我們坐在床上吧，由比濱的語氣像是要人講睡前故事。關於這個問題，我的答案並不豐富，但我還是想了一下，開口說道：

「要看妳怎麼定義夢想……如果隨便想到的也算，有很多喔。社長啦、有錢人啦……還有職棒選手、英雄、漫畫家、偶像、警察……醫生、律師、總理大臣、總統，外加石油王。」

「統統跟錢有關，一點都不像夢想……」

「嗯，是啦。連我都很想問自己在說什麼……」

我甚至有點沮喪，自己未免太不可愛，就連現在也是……我默默地厭惡起自己。由比濱似乎察覺到我在想什麼，急忙幫忙緩頰。

「啊，可是可是！我覺得偶像非常有夢想的感覺！」

「這句話完全沒安慰到人。先跟妳說，我小時候超可愛的。當初有什麼理由的話，我早就成為偶像了（註60）。那麼，妳呢？」

由比濱抱著胳膊，低聲沉吟。

「嗯……我也有很多夢想。開花店、開蛋糕店、當偶像之類的！」

「那跟我差不多程度嘛。」

她神采奕奕地說，宛如一個做白日夢的小孩，使我忍不住苦笑。

然而，那天真爛漫的神情只有出現一瞬間。下一秒，她換上成熟的表情。

註60　出自《偶像大師 SideM》之宣傳標語。

由比濱輕笑一下，從床上起身，一步一步地慢慢前行，如同將小時候的夢想留在原處。

「……還有，當新娘。」

由比濱背對著我說，然後轉過身。

她現在站著的位置，是樣品房深處的廚房。那裡的牆壁及地磚都是純白色，模擬成天窗的玻璃窗，灑落一片恍若婚紗的光芒。

由比濱剛才說的，以夢想而言太有現實感，我無法一笑置之，也無法用苦笑帶過。

我也慢慢走向廚房，同時思考有什麼玩笑話可說。

「和我差不了多少嘛……家庭主夫是個不錯的夢想。對吧？」

「被你這樣一說，一點都不夢想了……」

她垂下肩膀，無奈地笑了。我認為這是為我而笑的。

在明亮到有點刻意的光源中，也感覺得出這抹笑容是溫柔的。我因為難為情，默默低下頭。

樣品房裡的廚房不能真的使用，但是從廚具到餐具都一應俱全，逼真到好像可以直接在這裡生活。這些家具本來就是商品，自然會有現實感，可是不知為何，我怎麼看都覺得那是虛構的事物。

家具、餐具、廚房、床鋪，統統是真物，卻又是偽物。是什麼東西造成兩者間的區別？想著想著，我下意識地撫上櫃子。

這時，由比濱拍了一下手。

「啊，手工品怎麼樣？」

「咦？家具嗎？」

「不是，我在說禮物。例如做蛋糕。」

我一時聽不懂她在說什麼，而想到其他方向。直到她提起禮物，我才猛然想起。送小町的禮物對吧！我記得我記得，只是沒想起來而已並沒有忘記。我在心中拚命辯解的時候，由比濱的靈感持續湧現。

她將手邊的盤子、刀叉，甚至連馬克杯都擺出來，興奮地說：

「然後，端出蛋糕時同時送上用馬克杯裝的飲料……那個杯子其實就是禮物！好棒！連我自己都覺得好高級！」

她雙手貼著臉頰，開心得大叫。

「……是喔，高級喔？」

「別、別在意那麼多啦！有點驚喜感不就好了！」

被我冷靜地一問，由比濱便對自己的品味失去信心。她微微地紅起臉，扭扭捏捏地將餐具放回原位。

「不過……手工品確實不錯。」

她鬧彆扭的樣子很可愛，我忍不住笑出來，順便提議。

「那麼，要不要去吃個甜點，研究一下？」

「啊，好啊！走吧走吧！」

由比濱興致勃勃地推著我，離開樣品房。

事實上，手工禮物這個主意並不壞。可以將心意深切地傳達給對方，更重要的是，「為自己費時費力」的事實能打動人心。如果是印象不差的對象，更是不在話下。

這的確能使人心動搖。

……所以，努力為小町做蛋糕吧！我搞不好會因此發現新夢想。

沒錯，成為傳說中的甜品師・光之美少女（註61）……

× × ×

「國破山河在」是杜甫的詩句，「夢破老家在」則是我的詩句。

我的夢想已經破碎。以研究之名品嘗美味的甜點後，我發現一件理所當然的事實——我絕對做不出這種東西。成為光之美少女的美夢破滅了。因此，我回家後氣得直接躺到床上。

然而，天還是會亮。

註61 出自《KiraKira☆光之美少女 A La Mode》。

和由比濱一起逛街的隔天，我平穩地度過校園生活，放學時刻再度到來。

昨天雪之下在學生會辦公室也說過，已經沒有工作給我們做。直到現在，她跟一色都沒來找我們。

都這個時間了還沒聯絡，應該代表可以回去了吧……我有點不安，無意間瞄向由比濱。如果有什麼事情，也是她先接到聯絡。

由比濱注意到我的視線，點頭回應，然後趁跟三浦她們的對話告一段落時離開，走到我這邊。

「今天有什麼打算？」

聽到她這麼詢問，便明白果然不需要幫忙。

「沒事的話，我要回去了。」

「這樣呀……我也是。」

她馬上跑回座位，跟三浦等人道別後，帶著東西過來，迅速穿上外套，背好書包，圍起圍巾。

「回家吧！」

「喔……」

儘管還沒完全習慣，最近的放學時間，我們開始自然而然地一起回家。

就在我們走向門口時，那扇門突然晃了一下，猛力滑開。

門發出的聲響大到我嚇了一跳。從門後出現的是一色伊呂波。她似乎是急急忙忙地跑過來，現在還氣喘吁吁的。

「太好了，你們還沒走……」

一看到我們，她就瞬間脫力，鬆了一大口氣。

「怎麼了？」

「……總之，可以先跟我來嗎？」

她一講完就轉身走掉。

我和由比濱面面相覷，疑惑究竟發生什麼事。不過，看到她的表情相當凝重，現在也只能先跟去了解情況。

我們緊追在腳步急促的一色身後，直到下樓後才並肩而行。我瞄了她一眼。她注意到我的視線，但可能是沒有時間說明，只是盯著前方加快速度。

「事情變得有點麻煩。」

一色只說了這句話便緊閉嘴巴。從凝重的表情可察覺出事情非同小可。

在她詳細說明之前，我們已經抵達目的地。

眼前的房間跟教職員辦公室、事務室、校長室位在同一隅，門牌上寫著「接待室」。我從未進入過這個房間。

一色敲敲門，不等裡面的人回應就打開門，大步走進去。

我猶豫了一下該不該跟著進去。

因為在門打開的瞬間，我不小心看見——

平塚老師與雪之下背向這裡，坐在靠近門口的沙發上。

雪之下陽乃與她們的母親則坐在上座。

她們的存在、她們的來訪，無法用「不祥的預感」一詞簡單帶過。這不是預感，是確信。

態度坦然，抑或是超然的母親及姐姐，將視線集中在雪之下身上。不曉得是不是多心，雪之下似乎有點彎著背。

雪之下的母親看向打開的門，凝視我們。

她的目光溫柔且帶著笑意，彷彿會將人吸進那深邃美麗的雙眸。看著雪之下的時候，她眼中的溫度也沒有絲毫改變，使我背脊發涼。

一色在她的注視下一鞠躬。

「久等了。舞會是我們一起討論過才決定舉辦的。因此……關於能否舉辦舞會，請讓我們都參與議論。」

她堅定地，或者該說怒吼般地表示，聲音、語氣、視線都透露出敵意。一色完全沒有掩飾的意思，怒視雪之下的母親。

雪之下的母親苦笑著說：

「稱不上議論這麼誇張喔？我只是來向各位傳達意見而已。」

她的語調和緩，像是在安撫小孩子，然後笑咪咪地請我們入座。平塚老師也看過來，點頭示意我們照做。

接待室裡有兩張黑色皮沙發。位在上座的三人沙發，以及雪之下和平塚老師坐的L型沙發，中間隔著一張矮桌。我們坐的當然是後者，所以形成與雪之下家人面對面的態勢。

「……那麼，請您發表意見。」

我們進到接待室後，一次都沒有看向這邊的雪之下，用緊繃的聲音說。

雪之下的母親聽了，浮現類似苦笑的笑容。陽乃則興致缺缺的樣子，在旁邊用攪拌棒攪咖啡。

室內被雪之下家族散發的冰冷空氣影響，一片鴉雀無聲。雪之下的母親似乎也察覺到，而露出更加柔和的笑容。

「關於各位要辦的舞會，有家長認為應該停止。幾位家長看到網路上的照片，來找我商量。他們好像擔心活動不夠健全，還有……不太符合高中生身分。」

她謹慎地挑選字詞，說完後看了一眼身旁的陽乃。陽乃不耐煩地嘆氣。

「畢業生之間也是正反意見都有。」

陽乃似乎在幫雪之下的母親補充說明，我因此察覺到她來這裡的原因。看來是被叫來助攻的。可是，陽乃的嘴角揚起挑釁的笑意，又加上一句：

「……但負面意見並沒有很多。」

「不能因為是少數意見便置之不理。既然有人不喜歡，就該顧慮他們的感受。」

雪之下的母親立刻反駁陽乃。語氣正經到可以稱之為勸導，說是責備更加貼切，態度相當嚴肅。陽乃卻神色自若，假裝沒聽見，閉上眼睛喝起咖啡。

雪之下冷冷地看著兩人交談，從她口中發出的聲音跟著寒冷如冰。

「……為什麼來的人是母親？」

「我也是家長會的一員……而且，跟妳爸爸有交情的人來拜託，我不能視而不見……妳懂吧？」

她的母親面帶微笑，聲音溫柔，語氣也和緩有耐心，完全像是在安撫小孩，與剛才對陽乃的態度明顯不同。

雪之下揪住裙子，低下頭，她的母親更加溫柔地說：

「當然，如果參加者都遵守分寸，我並不介意喔。」

貼心的微笑、平穩柔美的聲音、退讓一步的發言，在在顯得有禮且充滿誠意，言外之意卻完全相反。她的下一句話立刻表現出來。

「只不過，根據我們對舞會的研究，會發生飲酒、不純異性交往等問題也是事實，所以有人認為目前的型態不適合做為謝恩會舉辦。況且，萬一出什麼問題，你們沒辦法負責吧。」

「所以！如果家長會跟校方一起監督，就能避免那種問題……之前他們已經答應了啊……」

雪之下突然激動地提高音量，不過講到越後面，聲音越來越小，變成鬧彆扭般的微弱抵抗。最後補充的那句話，聲音小到跟自言自語沒兩樣。雪之下咬著牙，盯著地板的角落。

「關於這點，家長會也覺得當時太輕率。但他們答應的時候，只看過書面文件吧？最後決定要等實際看到才能判斷……」

「這樣不合理。就是為了避免家長會之後有意見，才事先跟他們商量。教好小孩防止他們惹事，不是家長的職責嗎？」

雪之下的母親還沒說完，一色就插嘴反駁。她一副要吵架的態度，令由比濱睜大眼睛。

「一色。」

「……對不起。」

經過平塚老師告誡，一色也覺得自己說得太過分，不甘不願地道歉。但她嘴巴嘟得高高的，似乎還是很不服氣。在一旁看著的陽乃偷偷別過頭忍笑。這種狀況下還笑得出來的人，當然只有她一個。

平塚老師低頭為學生的無禮道歉，雪之下的母親微微搖頭，表示不在意。

「我想，全體家長也有許多想法。他們並不打算全面禁止或束縛學生，但多少還是會擔心。尤其是現在，社群網站上容易發生風波，或是被查出身分而受到損害吧？所以他們對引人注目的活動更加敏感。」

雪之下母親一邊說一邊看著一色，她的眼神有如看到珍奇的事物閃閃發光。

「妳是一色同學對吧？如妳所言，家長及學校確實該教導孩子如何安全使用網路，以及遭遇那些情況的應對方式。事實上，學校也有教這些，最近企業培訓也會加入這方面的知識。」

從熱情訴說的語氣，看得出她相當高興。向人說明或解釋時便充滿活力的模樣，與雪之下極為相似，讓人不禁莞爾。

但是當她突然收起笑容，立刻顯得判若兩人。

「……可是，這樣還不夠。連認真學習過，理應擁有足夠判斷能力的大人，都會引發風波或爭端。」

所以小孩子更不用說。所以不該舉辦舞會——這幾句話不需特別說出口，就已明顯地傳達出來。

實際上，參加攝影的學生只是很普通地將照片傳上網路，根本沒想過這麼多，更遑論會被視為不安要素。親子間在ＬＩＮＥ上通訊早已稀鬆平常，所以父母會看小孩的ＩＧ或其他社群平臺，也一點都不奇怪。

我們學生的確沒考慮到這些問題。既然如此，便有可能會被覺得活動不健全、較激進的人抓住把柄。

「……若要論可能性，只會沒完沒了。」

雪之下大概也是這麼想，忿忿不平地說。我同意極了。將所有可能發生的意外列入考量，一有危險就要求停辦活動，未免太過愚蠢。按照他們的邏輯，會場提供的食物可能導致食物中毒，所以食安問題也能做為停辦的理由。無論擬定多少對策，都沒有人能夠保證絕對安全。

雪之下的母親應該也明白這點。

「我認為，既然有人持否定意見，就沒必要勉強舉辦。被人在後面說三道四，指指點點，等於是潑畢業生一盆冷水。」

因此，這次她改為動之以情，垂下眉梢，帶著擔憂的表情訴說。

「謝恩會固然是為畢業生舉辦的活動，對家長、老師、地方人士也同樣重要……過去辦的謝恩會也沒傳出什麼不滿吧？」

她轉頭向一旁的陽乃詢問意見，陽乃只是冷淡地點了一下頭。

雪之下為之語塞。見她被戳中弱點，我的口中開始變得苦澀。

若把目標定為改善對謝恩會的不滿，方法則是改為舉辦舞會，或許比較容易得到理解。然而我們一開始就以辦舞會為前提，硬要用這個理由應該有困難。

這時，一色探出身子。

「要說畢業生的意見，我們也是未來的畢業生，有權利對謝恩會提出意見。」

這句甚至可以用精采形容的詭辯，使我忍不住讚嘆。漂亮，一色。我佩服地盯著她，她也瞄過來一眼，露出得意的笑容。一色似乎因此氣勢大漲，接著說：

「事實上，在校生都可以接受舞會，網路上也大多是正面評價……」

可惜，她沒辦法說到最後。雪之下的母親趁一色換氣的瞬間揚起嘴角，搶過發言權。

「網路上或許如此。不過，傾聽檯面下的意見也很重要。居於上位者、肩負眾人信賴者有這樣的責任……妳們也要好好記住。」

最後，她對兩位女兒叮囑。音量及語調明明沒變，只有最後那句話的溫度明顯不同。或許是因為這樣，陽乃嗤之以鼻，百無聊賴地嘆氣，雪之下則僵直不動。

事情發展至此，我不禁對雪之下的母親改觀。陽乃之前說她比自己更可怕，現在我親身體會到了。這個人很棘手，根本沒完沒了。

她不是能以理爭辯的對手。

表面上帶著柔和的微笑點頭，像是在聽對方說話，似乎會傾聽對方的意見，跟對方討論。

然而，並非如此。這是先笑著聽過去，等對方露出破綻再拔刀砍回去的反擊流。假如她的目標是駁倒對方，令對方屈服倒還好。但她卻不在意那些，一步步將人逼進最初就設好的陷阱。

她絕對不會在最後的結論讓步。為了達到那個結論，她甚至會展現悲傷的表情，或是搬出夾雜感情論建構而成的理論。

雪之下的母親說過，稱不上議論這麼誇張。

正是如此。她連討論的意思都沒有。她一開始就說了，根本沒有議論的餘地。

她的話中一定有什麼矛盾或漏洞，只是都被掩蓋在柔和的微笑與聲音下。不對，就算指出漏洞，情況也不會有任何改變。她八成會笑著說「是這樣沒錯」，然後從另一個方向切入，引導至同樣的結論。

既然這樣，讓她繼續開口絕非上策。那個人講得越多，我們可趁的空隙將越來越少。

一色也意識到這個危機，偷瞄我一眼。我側眼接收她的目光，但也只能苦笑以對。若她對我有所期待，真的很抱歉，對手實在太難纏。我能做的頂多只有轉移焦點。

「校方不是已經答應了嗎？他們的看法又是如何？」

我望向平塚老師，大家也一起轉頭看過去。由比濱和一色帶著些許的期待，陽乃一副樂在其中地袖手旁觀，雪之下閉著眼睛等待回答，她的母親則是帶著平靜的視線，默默地凝視老師。

在四面八方的視線下，平塚老師微微揚起嘴角，開口說道：

「我個人不太希望立刻停止舉辦舞會。重視學生自主性為本校的傳統。是否該修正計畫上的缺失，繼續協調，以得到諸位家長的諒解與協助呢……這是我的意見。」

不愧是可靠的大人。感謝她幫形同議論的會談畫下句點。

平塚老師建議下次再談，雪之下的母親好像也沒意見，緩緩點頭。

「老師所言非常有道理。那麼，我改天再來。之後方便跟校方談談嗎？」

「我會跟上面的人商量，立刻安排好日期聯絡您。」

結束事務性的對話後，雪之下的母親行了一禮。

「不好意思勞您費心。麻煩您了……陽乃，跟大家道別後就回去吧。」

「啊，我喝完咖啡再走。」

陽乃指著咖啡杯，悠哉地笑著揮揮手。雪之下的母親無奈地嘆一口氣。

「是嗎。那我先回去了。」

她站起身來。在椅子上坐了那麼久，和服依然整整齊齊，站姿優雅美麗。然後，她用與外表相符的聲音，呼喚另一位女兒。

「雪乃。」

雪之下只瞥過去一眼。看到她的反應，雪之下的母親溫柔、緩慢地說：

「我明白妳很努力。不過，要早點回家。妳沒有必要勉強自己。」

「……嗯。我知道。」

雪之下只如此回應，便閉上眼睛。她的母親露出苦笑，接著總算決定要離開，朝門口走去。她對我們也點頭致意，平塚老師則跟著起身送客。

兩人離開接待室，關上門後，我們不約而同地深深嘆息。

平塚老師跟雪之下的母親還在外面寒暄。陽乃為了避免被聽見，壓低音量說道：

「唉——累死了。被抓來陪她做這種事，真的很煩……」

她喝下早已冷掉的咖啡，眉頭緊皺，一副難喝的樣子。沒喝咖啡的雪之下也抿著嘴唇，喉嚨動了動，好像想把什麼東西吞下去。她們連這種表情也很相似。

雖然相較之下，應該更像她們的母親。

雪之下跟陽乃同樣擁有的異質與扭曲。這兩點在她們的母親身上也看得見。所以，我忍不住想多知道一些事情。

「請問……她剛才說她是家長會的一員，是會長還是什麼嗎？」

「不是不是，是理事，莫名其妙的名譽職位。她只有掛名而已，工作是寫委託書。只不過，我爸因為工作的關係，跟地方人士關係密切，兩位女兒又念這所高中，所以才有人拜託她，她便親自出馬。」

原來如此，這種事只有地方上的有力人士才會遇到。舉個比較切身的例子，差不多就是我爸公司的高級幹部吧。發生問題時去跟他報告，他就主動提議「我也去喬一下」，興奮地去找對方談。不對，雪之下的母親是受到地方人士委託，所以情況不太一樣。

在我思考時，陽乃的聲音忽然低沉下來。

「……所以，這件事幾乎跟那個人的意思無關。既然有人拜託她，她總得來講幾句話做做樣子吧。」

陽乃興致缺缺地說著，最後發出不屑的笑聲。

我卻沒辦法一笑置之。因為我總覺得，某人的態度也與雪之下的母親類似，有點反胃。

我將內心的不快隨著嘆息一起吐出。這時，平塚老師開啟接待室的門，回到室內。

「哎呀，真頭痛。」

她一進來就苦笑著這麼說道，從角落的櫃子拿出玻璃菸灰缸，站在窗邊點燃香菸。

雖然學校內原則上禁止吸菸，這間接待室好像是例外。仔細想想，能踏進這個房間的大概都會受到VIP待遇，這個階層的人多少有一些癮君子。帶領他們到不受管制的特殊區域，可以展現自己的誠意和敬意。

也就是說，雪之下的母親顯然被視為貴賓。光從這一點就能看出校方的立場。全程參與這場會談的雪之下，應該最能清楚感受到。她始終挺直背脊，卻用憂鬱低沉的聲音詢問平塚老師。

「……請問，校方可能會如何應對？」

「不好說。其實，如果只是那些網路上的照片，我也……哎，高層也不覺得有多大的問題。」

抽著菸的平塚老師揚起微笑，想讓雪之下安心。但是，她將菸灰彈到菸灰缸裡，冷靜地繼續說道：

「……可是，社會上有許多熱心人士提供寶貴意見，例如抱怨學生的裙子太短，在路上喧鬧啦，對著自己笑等等。平常我都回答我們會做為參考，感謝指教，若有需要就把學生叫來念幾句，然後結束……」

她停頓了一下，吐出煙霧，面色非常不悅。

「現在演變成這樣，問題會被放大檢視……學校必須採取相應的對策。」

採取相應的對策——她沒有講明，不過這個詞代表的意思只有一個：取消舞會。

類似的案例多到不勝枚舉。像是以前某家企業在車站刊登的徵人廣告，由於太具衝擊性又新奇前衛，在社群網站上迅速傳開，吸引上萬網友按讚，大部分的反應也都是很幽默，很有趣等正面評價。可是聽說沒過幾天，該企業便因為收到電話和電子郵件的批評，在公司內部引發問題，而主動撤下該廣告。

即使正面評價較多，只要批評的聲音存在，就必須——甚至是不得不顧慮到這個部分。當今的社會或許就是如此。

法令遵守、政治正確等概念開始深入人心，社會也逐漸留意那些該顧慮的存在。這個現象本身是值得高興的，但世人的觀念仍未徹底轉變。

正因如此，他們才會過度使用「不恰當」、「不謹慎」、「不健全」等辭彙，產生過度反應吧。

某方面來說，這場舞會面臨的困境也很類似。現在我們已經充分地理解背後的概念。

接下來的問題，在於實際行動。

「不能由學校勸勸那些家長嗎？」

之前才私下答應過，現在卻立刻收回承諾，對學校來說也不體面。我嘗試從這一點切入，讓校方轉為贊成舞會。

平塚老師將視線移向手中的香菸，思考了一下。

「應該不是沒有方法……但如果你們明年以後也想繼續辦舞會，便不該由我出手。」

她用菸灰缸捻熄香菸，轉身面向我們。香菸一熄，刺鼻的焦油味便擴散開來。這股味道令我感到不安。

我一時無法理解平塚老師的話，不小心露出錯愕的表情。

陽乃看到我的反應，驚訝地問：

「……小靜，妳還沒說嗎？」

「還沒正式決定，我怎麼可能告訴他們。」

「妳只是說不出口吧。」

「……唔，這個嘛——」

陽乃一說，本來從容不迫的平塚老師尷尬地別過頭。陽乃像要追擊似的，深深嘆一口氣，接著說：

「再說，這裡是公立高中，看妳待了幾年不就知道？去年是最後一年的話，今年絕對會走人的喔。」

聽到這裡，我大概理解狀況了。但我完全無意說出那個字眼，只覺得「這樣啊」，一點實感都沒有。

不過，由比濱試圖將它化為言語。

「那個，意思是──」

「哎，這件事改天再說。」

平塚老師對提心吊膽的由比濱一笑，略為強硬地中斷話題，將視線移到雪之下跟一色身上。

「所以……妳們打算怎麼辦？」

兩人立刻抬頭。我也搔搔頭，硬是讓一片空白的腦袋重新開始運轉。

「怎麼辦……先修正計畫上的缺失……」

雪之下說到一半便搖了搖頭。她自己也意識到這麼做並無意義，抑或是不可能的。

若要更改穿禮服、跳舞、開豪華派對等要素，就稱不上是舞會，想參加的人也不可能接受。即使修改受到指正的部分，已經擋在面前的阻礙也不會輕易消失。顧得了東卻顧不了西，結果便是束手無策。

「我會思考如何在繼續協調的期間，得到他們的理解……」

雖然雪之下這麼說，蒼白的臉色加上微弱的聲音，使她看起來已經覺得希望渺茫。但目前也沒有其他事能做，於是我點頭贊成。

「是啊。先準備好可以說服他們的資料，之後再……」

我只講到一半，便被一旁的雪之下揪住外套制止。她的力道並不大，那隻手卻緊緊握住，使衣服產生皺摺。

「等一下。那是我們的工作……是我該做的事。」

「……現在不是頑固的時候吧。」

一色點頭表示同感，平塚老師仍然只是在旁看著。由比濱沒有發表意見，保持沉默。雪之下緊抿雙唇，講不出話來。我則等待著她回應。然而，開口的是另一個人。

「……你又要當『哥哥』了嗎？」

愉悅的聲調、像在嘲弄人的語氣、含笑的言語，聽起來卻異常冰冷。愜意地坐在對面沙發的雪之下陽乃，對我投以憐憫的視線。

「啊？妳在說什麼？」

回話時的聲音在無意識間散發出怒氣。我也知道自己態度不佳。不過，陽乃似乎覺得我的反應很有趣，輕笑出聲。

「雪乃都說自己辦得到了，不可以隨便幫忙喔。你又不是雪乃的哥哥或什麼人。」

這句單純的玩笑話令我語塞。身後傳來一色細微的嘆息，我忍不住看向地面。

「不是、那樣的。」

細不可聞，顫抖般的聲音斬釘截鐵地否定陽乃。這句話彷彿一隻手，溫柔撫摸我的背。我反射性地抬頭，看見由比濱瞪著陽乃。

「……因為她是很重要的人。當然會想幫忙，會想伸出援手。」

「既然是重要的人，應該尊重她的意願吧。」

陽乃不耐煩地嘆了口氣。

「舞會成功的話，母親說不定會對雪乃稍微改觀。前提是她要靠自己的力量辦到……插手這件事代表什麼意思，你們明白嗎？」

她的聲音明顯帶有敵意。看著我們的視線相當銳利，話語也極為刻薄。

這個問題相當沉重。講白了，她是在問我們能否對雪之下的未來與人生負責。這種問題不可能隨便回答。我們沒有年輕到做事可以不顧後果，也沒有成熟到可以承擔一切。

因此，我、由比濱和一色，都只能閉上嘴巴。

若要說在場有誰回答得出來，頂多只有平塚老師吧。但她一句話也沒說，只是吐著煙圈，帶著苦澀的微笑注視陽乃。陽乃注意到她的目光，稍微放鬆表情，轉而用溫柔的聲音對我們說：

「再怎麼為對方著想，每次都提供協助也不一定正確……你們這樣的關係是什麼，知道嗎？」

「姐姐，別說了……我明白。」

雪之下不是要打斷她說話，而是平靜地緩緩開口。看見她透明如水晶的微笑，陽乃不再多說什麼。

雪之下盯著放在大腿上的手，維持那個姿勢輕聲開口。

「我想證明我能靠自己的力量做到。所以……比企谷同學，我不會再藉助你的力量。我知道這個要求很任性，不過……拜託了，讓我一個人做。」

她用冷靜的聲音說到這裡，抬起頭，露出純粹且穩重的表情。

然而，跟我對上目光的瞬間，那雙眼睛蒙上一層淚光。先前明明一直掛著淺笑，如今嘴脣卻在打顫，神情悲痛。她輕輕吸一口氣，發出顫抖的聲音。

「否則，我會越來越沒用……我很清楚，自己一直依賴著你們。我每次都說不會依賴你們，卻又一直逼你們配合我。」

她說得斷斷續續，語氣始終平緩，聲音彷彿逐漸下沉。

由比濱低頭靜靜傾聽，平塚老師閉著眼睛沉默不語，一色尷尬地移開視線，全身僵硬。陽乃輕呼一口氣，一改先前的冰冷視線，揚起嘴角。

可是，我無法忍住不說出來。即使是毫無意義的空洞言語，也不能不去否認。

「不對……完全不是那樣吧。」

我費了一番勁才擠出這句話，雪之下卻緩緩搖頭。

「沒有錯。以結果來說，每次都是這樣。以為可以做得更好，最後什麼都沒改變……所以，拜託了。」

她用含淚的雙眼注視我，用幽微的聲音告訴我，用虛幻的笑容面對我。

到了這個地步，我也無法再說什麼。傳出口中的，只剩下嘆息。

「自閉男……」

由比濱輕拉我的袖子。在回應之前，我先深深吐氣，讓自己不要再發抖，然後才終於有辦法點頭。說出口的「知道了」不知道有多細微。不過看她的反應，這句話確實傳達到了。

雪之下微笑著點頭回應後，立刻起身。

「我回學生會辦公室擬定今後的對策。」

她向平塚老師行了一禮，頭也不回地離去。她的腳步沒有迷惘，也沒有猶豫。一色連忙跟著起身，同樣對這邊鞠躬後，追上雪之下。

等她們離開，平塚老師鬆了口氣，點燃香菸。

「比企谷，剩下的之後再說。今天先回去吧。由比濱跟陽乃也是。」

她吐出煙霧，帶著參雜些許倦意的苦笑說道。

「……知道了。」

我現在的表情應該也很相似。精疲力竭，憔悴至極的表情。

我拿好書包和懶得穿上的外套，對陽乃點頭致意，從沙發上起身。若不勉強自己移動，我可能會因為疲勞與虛脫感，永遠留在這裡。

由比濱在旁邊收拾東西。我面向她，竭盡全力用溫柔的聲音，露出笑容跟她道別。

「……那麼，再見。」

「咦……啊，嗯。再見……」

由比濱抬起頭，愣了一瞬間。但她馬上察覺我的意圖，將疑問吞回口中，回以微笑。

我依賴著她的溫柔，無力地點頭回應，走出接待室。

現在的我沒把握能跟她好好交談。若只是無話可聊，倒還沒關係，我擔心的是自己太多嘴，說出沒有必要說的話，或問出不該問的事情。

離開校舍後，我拖著沉重的腳步前往腳踏車停放處，牽著破舊的車走向側門。沉重的不只有腳，腳踏車也是，身體和心情亦然。不僅如此，連肩膀都突然變得沉甸甸的。

忽然間，背後好像被人拉了一把。回頭一看，是雪之下陽乃把手放在我的肩上，「呼──」地喘了口氣。她大概是一路跑過來的。

「追上你了──陪我走一段路吧。」

她站到我旁邊，刻意做出擦汗的動作，如此要求後，自顧自地向前走。老實說，我已經快累死了，連抵抗的力氣都沒有。

「走到車站可以嗎？」

「嗯。我想說機會難得，約比濱妹妹一起回家，結果被她巧妙地逃掉了。她的直覺真敏銳。」

「大部分的人都會逃吧。」

「大部分的人都逃不掉。」

我哈哈乾笑，諷刺陽乃。她呵呵輕笑，立刻回道。

不夠敏銳的傻瓜，就會像我這樣被逮到，由比濱逃得過陽乃的捕捉，或許真的可以說是敏銳。陽乃也沉吟著，好像很佩服她。

「她的直覺真的很不錯。雪乃的想法和真心話，她全～都知道。」

這句話似乎不容忽視，我不禁停下腳步望向陽乃。陽乃笑了出來。

「不對，不只直覺。外表、性格、身材都很不錯……真的是『好孩子』。」

「這種講法好像帶有惡意喔。」

她特別強調「好孩子」的部分，語氣中還帶著一絲笑意，聽得出有另一層意涵。不過，陽乃似乎不覺得哪裡有問題，跳到路緣石上，轉頭看著我。

「是嗎？那是你有問題吧？擅自把我的話往不好的方向解釋。」

「……有道理。」

陽乃剛才說的話，怎麼想都有惡意。但，自己確實也有揣測他人言外之意的壞習慣，所以我同意陽乃的論點。她用過平衡木的方式走在路緣石上，伸手朝我一指。

「沒錯！所以你是個壞孩子！不對，是自認為壞孩子的人。你總是認為自己走在錯誤的道路上……就像現在。」

她露出得意洋洋的笑容，跳下路緣石。

「至於雪乃……」

說到這裡，她忽然望向被夕陽染紅的天空，在依然眩目的殘照下瞇細雙眼。

「……是普通的孩子。喜歡可愛的東西，喜歡貓咪，討厭幽靈和高的地方，會煩惱自己是什麼人……是個隨處可見的普通女孩。」

陽乃歪過頭，像在問我知不知道。但她沒有直接問出口，因此我也學她歪頭，表示「妳覺得呢？」

我不曉得雪之下雪乃是否能稱為普通的女孩。她容貌出眾，文武雙全，以及其他諸多優於常人的長處。能用普通一詞形容她的，恐怕只有完美惡魔超人雪之下陽乃。在大部分的人眼中，雪之下應該都是異質的存在。

至少，我從不認為她是普通女孩。

完美惡魔超人好像不滿意我對無聲的提問做出無聲的回答，明顯面露不悅。她快步逼近，用力看著我。

「雪乃是普通的女孩喔……比濱妹妹也是啦。」

我和陽乃隔著腳踏車的龍頭面對面。我想她可能忘記了，我也是普通的男孩，見漂亮姐姐靠得這麼近也會很緊張。我感覺到臉頰正在發燙，忍不住別過頭。這個瞬間，陽乃喃喃說道：

「……可是，你們三個人湊在一起，就會扮演起自己的角色。」

我正好別過頭，所以無從得知陽乃現在的表情，只聽得出她的語氣透出一抹同情與哀憐。寂寞又溫柔的聲音使我內心一驚，馬上看回去，但她早已恢復為完美惡魔超人。美麗到恐怖地步的容貌上，帶著非常邪惡的笑容。

「那麼，現在請問你：你們三人這樣的關係叫作什麼？」

陽乃繞到腳踏車前面，手靠在龍頭與車籃上，使我進退兩難。她抬起視線緊盯著我，像在表示不回答就不放我回去。

「……好孩子壞孩子普通的孩子，芋欽三人組嗎？」（註62）

「叭～答錯了。我問的是你們三人的關係。」

雖然沒答對，我好歹回答了，陽乃仍然不放過我，也不公布正確答案……難道真的得答對才能回家？不如說，要答出陽乃想聽的答案，她才會放我走？或者她只是重複剛剛在接待室問的問題？

不過，如果是要回答她喜歡的答案，難度其實並不高。

問題在於，那個答案實在很難說出口，所以我花了不少時間才做好覺悟。這段期間，陽乃一直跟我大眼瞪小眼，害我更加難以啟齒。最後要講出答案時，我下意識地別過頭，聲音也提高八度。

「……………三、三角關係，之類的。」

陽乃先是愣了一下，接著半張開嘴巴思考，理解後突然發出噗哧一聲，最後爆笑出來。

「啊哈哈哈！你這樣覺得啊！呵呵，而且還自己說出口，會不會太好笑？啊哈

註62　日本的三人團體，三位成員在綜藝節目《欽ドン！》中分別扮演好孩子、壞孩子、普通的孩子。

哈！笑得肚子好痛快要抽筋了，好痛好痛啊哈哈！」

「笑得太誇張了吧……」

陽乃放開腳踏車，按著腹部笑個不停。我的自尊心和自我意識逐漸被削去，真想就這樣直接回家。但是在這之前，必須先問個清楚。

「請問，正確答案到底是什麼？」

「咦？正確答案？喔——答案啊……正確答案是……」

陽乃擦掉眼角的淚水，對我招手，把手放在嘴邊。這大概是要我過去聽的意思。雖然不知道為什麼要神祕兮兮地，我還是乖乖靠過去，陽乃也把臉湊近後，甜美的花蜜香傳了過來，帶著笑意的柔和吐息拂過臉頰。

我癢得想把臉轉開，陽乃卻用另一隻手觸碰我的下顎，不准我轉頭。動彈不得之中，她將美豔的雙脣湊到我耳邊。

「這叫共依存。」

她的輕聲細語極為冰冷，比任何真物還有真實感。

我曾經在書上看過，所以約略明白這個字的意思。共依存是指自己與特定對象依存在彼此的關係上，沉溺於被這種關係束縛的感覺。

「我不是說過嗎？那並非信賴。」

陽乃愉悅地呵呵笑著。下一刻，她的笑容淫靡地扭曲。

「被她依賴的感覺不錯吧？」

妖媚的聲音刺入耳中，令我頭皮發麻。同時，我也得以完全想起書中說明的後續。之所以稱為「共依存」，在於不只依存的一方有這個症狀，被依存的一方亦然。他們藉由他人的需求找出自己的存在價值，得到滿足及安心感。

隨著名詞的意義與實際情況連結在一起，我開始覺得有點要站不穩。每次早就有人告訴過我，也有人叮嚀我太寵對方，說我被依賴時好像很高興。每次我都拿「因為自己是哥哥」、「因為這是工作」當藉口，欺騙自己。

在羞愧與自我厭惡之下，我感到一陣反胃。原來自己是這麼地醜陋、卑鄙。老是裝出孤傲的模樣，每當有人依賴，卻又喜孜孜地提供協助，甚至感到愉悅，藉此補強自身的存在意義。實在太恐怖了。自己在無意間嘗到被依賴的快感，進而貪婪地渴求它，得不到的時候就用一抹寂寥來掩飾。這卑劣的本性，真是醜惡至極。

更要不得的是，現在還藉由自我批判幫自己找藉口。連我自己都看不下去。耳朵下面在抽搐，口中冒出大量唾液。我努力把它嚥下去，喘了口氣。

啊啊，若要說我和雪之下是共依存關係，確實如此。先不論雪之下是否對我依存，我最近的行為跟以前比起來，甚至可以用有病形容，如果現在做共依存測驗，想必會有不少項目符合。

陽乃露出嘲諷般的笑容，自個兒先往前走。我慢吞吞地追上去，最後抵達學校跟車站間的公園旁的小路。她抬頭看著還沒發芽，還沒長葉，還沒開花的行道樹，喃喃說道：

「不過，你們的共依存關係到此結束了。雪乃會平安地獨立，變得比較有大人的樣子。」

她談起自家妹妹時的語氣驕傲，聲音雀躍，面容則帶著些許寂寥。我有一種似曾相識的感覺。在比現在稍冷一些的那晚，她也說過類似的話。

確實說過。跟現在一樣，走在我前面幾步的地方。

她當時說的話，我記得很清楚。每當腦中不經意地浮現時，我會任它白白消失，自作聰明，自以為是地為某人而忽視。可是，最後我從未遺忘。

夕陽西斜，街道沉入暮色之中。不知不覺，我們已經走完小路，來到車站前的大馬路上。傍晚的車站前充滿趕著回家的行人，熙熙攘攘。

「送到這就行了。再見囉。」

陽乃輕輕揮手，瀟灑離去。

「那個……」

我看著陽乃的腳邊，用沙啞的聲音叫住她。

已經走出去的陽乃回頭看過來，帶著燦爛的笑容，默默等待我繼續說。

她的眼神十分溫柔，使我一時忘了呼吸。

「……她會放棄什麼，成為大人呢？」

與她極為相似的微笑，扭曲成悲傷的弧度。

「……跟我一樣，放棄許多。」

雪之下陽乃僅僅這麼說，便消失在人群中。她沒有實際回答什麼，答覆卻比任何話語都還要明確。

7

即使知道這個選擇必將招致後悔。

早晨下起四溫之雨（註63）的那一天，我度過與前幾天截然不同的平靜生活。

昏昏欲睡的放學後，我打了個哈欠，緩緩收拾東西準備回家時，聽見一陣急促的腳步聲。由比濱跟前幾天一樣，過來拍拍我的肩膀。

「我們回家吧！」

我想到之前離開接待室時的情景，只嘆了口氣出來。由比濱像一隻貓頭鷹，歪頭問我「你不走嗎？」我立刻明白這是她的貼心之舉。

「……嗯，走吧。」

為了回應由比濱的關心，我也像貓一樣大大地伸懶腰，慢吞吞地起身。

我們走出學校，前往車站。因為今天早上的雨，我跟由比濱走同一條路回家。

註63 指「三寒四溫」一詞中，溫暖的那四天所下的雨。

由比濱高興地揮著雨傘，不停地和我說話。

「啊，然後，之前不是聊到手工蛋糕嗎？我跟媽媽說了，她說可以來我家做耶。不知道為什麼，媽媽反而比我興奮。該怎麼說呢，好難為情喔……」

「真的很難為情……多虧妳的後半句話，我更不好意思去妳家……」

由比濱露出苦笑，從口袋裡拿出手機。

「嗯——不過在你家做蛋糕，又會被小町發現。」

由比濱一看手機畫面，瞬間發出「咦」的聲音，停下腳步。

「……舞會好像很不妙。」

她把手機拿過來給我看。螢幕上顯示著LINE的群組，群組名稱為侍奉社，成員有「雪之下雪乃」和「色色伊呂波」。雖然很想吐槽，但是一看到最新訊息，那些東西立刻被我拋到腦後。

「……學校決定停辦舞會是怎麼回事？不是要繼續協商嗎？」

「要不要我用LINE問問看？」

「……不用。直接問上面的人更快。我打個電話。」

我到兩、三步外的地方，背對由比濱撥電話。等待接通的期間，我瞄了由比濱一眼，她盯著LINE的畫面，面色凝重，不時還擔心地看過來。

我心急如焚地聽著響鈴，接著，平塚老師的嘆息自手機傳出。

「舞會怎麼了？」

我不等平塚老師說話便搶先開口。一聲長嘆過後，她疲憊地說：

『……之後會好好地跟你解釋。我這邊也正在處理，等告一段落再……』

「不，那樣會浪費掉多少天啊？到時就無法挽回了。」

『沒什麼好挽回的。而且，你有打算幫忙辦舞會嗎？』

「呃，沒有啦……只是想說萬一之後又恢復舉辦，會很麻煩。」

『……是嗎？我認為不太可能。』

她的語氣十分肯定。我在心中立刻反駁。

被逼到那個地步還堅持不退讓的一色伊呂波，怎麼可能這麼乾脆就死心？重點是，雪之下雪乃不可能輕易放棄終於說出口的願望。怎麼能讓她放棄？

平塚老師大概是聽見我焦躁的呼吸聲，低聲沉吟，似乎放棄抵抗了。

『看來是無法不跟你說……沒告知你舞會停辦的消息，是出於雪之下的要求。這樣懂了吧？現在我再問你一次，你還有幫忙舞會的理由嗎？』

聽見這句話的瞬間，原本想說的話統統煙消雲散，甚至連時間的概念都消失不見。

平塚老師的呼喚聲傳入耳中，我才發現自己愣在原地。

『在電話裡維持沉默的話，沒人知道你在想什麼。這是你的壞習慣。把話好好地說出來……我等你。』

她用溫柔平靜的聲音再次叫我回答，我終於理解狀況。重點在於理由，理由，理由。

「理由就是，嗯……我們是同一個社團的。另一方面就是既然都幫忙了，乾脆幫到底。」

我轉動著腦袋，一口氣把話講完，手機的另一端卻毫無反應。

傳入耳的只有呼吸聲，僅此而已。這點讓我很火大。妳又不是不了解我！

「這種事情怎麼說得清楚？正因為是重要的事才不說。必須經過審慎的思考，按部就班，以免出差錯……老師妳不也一樣嗎？」

妳自己不是也沒提過離職的事？難道這個不重要——我拚命咬緊牙關，以免不小心這麼衝口而出。然而，連我都明白自己的話音含有這層意思。

『……比企谷，抱歉。但我還是會一直等你……所以，請好好說出口。』

我從來沒聽過老師用那麼悲傷的聲音，那麼溫柔的話語道歉。

理由早已悉數道盡。我所能想到的，盡是和工作、社團、小町有關的理由。就算改變說法，到頭來還是跟這些事物脫不了關係。

所以，就算我快要對話筒擠出什麼話來，最後都只是不斷地改變嘴型，構不成字句。

最後的理由就是我們。因為我們是共依存者——簡潔明瞭。受到依賴才能確認自身的存在意義——不費吹灰之力就能說出口。我自己可以輕易接受。只不過，這並非答案。共依存是我們的關係，並非我的心意。可以當作藉口，卻不能成為理由。

我費盡心神，絞盡腦汁，最後心中只剩下牽掛。

可是，唯有這點我不想說。因為這是最遜的理由。可是，不說的話，這位老師就不會讓我向前進。我知道她是藉此讓我找理由。

因此，我按著額頭，用沉重的嘆息表達不甘願後，小聲地說：

「……因為我答應過，總有一天要去救她。」

竟然要用「她拜託過我」這種太過理所當然、不理性也不感性，陳腐至極的老套理由去幫助她，我真的相當難以接受。

『這樣就夠了……我會抽出時間。你立刻過來。』

平塚老師滿意地說完後，自行掛斷電話。我收起手機，走回不遠處的由比濱身邊。由比濱用視線問我情況如何。

「抱歉，讓妳等這麼久……我去找平塚老師。」

我先跟她道歉，再把接下來的決定告訴她。由比濱聽了，眨眨眼睛。

「啊，這樣呀。要去做什麼？」

「先掌握狀況再說。我現在什麼都不清楚，也做不了任何事。」

無可奈何的回答，讓由比濱輕笑出來。

「……是嗎。不過有你在的話，感覺一定會有辦法。」

她用力點了點頭，給予我肯定。晶瑩剔透的水珠，隨著她的動作滑落。我瞬間屏住氣息。她大概因為我驚訝到當場愣住，也注意到自己眼角的水珠，趕緊用手指拭去。

「咦？啊，一放下心，眼淚就流出來了。嚇我一跳……」

她呼出一口氣，搓搓手指。由於她的語氣太過自然，我也抑制住內心的驚訝，問她：

「嚇到的人是我好嗎……有沒有怎麼樣？總之先回家吧。」

「啊，沒事沒事！女生常常這樣啦。」

她拉出毛衣的袖子，在眼角按幾下，然後靦腆一笑，搔搔丸子頭。

「因為先前完全不清楚是什麼情況……只要得知一點消息，真的就會放心下來。我現在已經沒事了。」

她剛才看LINE的時候，表情的確很嚴肅，脫離緊繃狀態、放鬆下來後，或許真的就會不自覺流淚吧。我盯著由比濱的臉看，她泛起一抹微笑。

「別大驚小怪。你趕快去吧，我回家也會看LINE，有什麼事再通知你。」

她背好背包，晃晃手機，藉以表示準備回家。

「嗯，謝啦。那我走了，明天見。妳路上小心。」

「我家離這邊超近耶。」

由比濱對我緩緩揮手，我也緩緩地踏出腳步。

往前走了幾步後，我仍舊放心不下。回頭一看，由比濱已經不見蹤影。

我深深吐一口氣，全速飛奔而去。

interlude…

幸好眼淚止住了。

突然流出眼淚，我真的嚇了一跳。有點太大意了。幸好有瞞過他。

幸好有馬上躲起來。幸好他馬上就離開。幸好他沒有馬上回頭。

因為我哭的話，他就無法離開這裡。

所以，幸好眼淚止住了。

我不會成為可憐的女孩。因為這樣的話，他又會來救我。他是我的英雄。

如果我的朋友遇到困難或煩惱，他一定會去幫忙。因為他是我的英雄。

從一開始，他就是我的英雄。

我已經被他拯救過了。

我的「總有一天」已經結束。

所以，不當英雄也沒關係，我只希望他待在我身邊。

我知道他不是英雄，所以希望他別再顧忌我。

「不要去」這句話，我說不出口。

「為什麼要去幫她」這句話，我問不出口。

「別再對我溫柔」這句話，我不想說出口。

她的想法和心意，我都明白。可是，我沒辦法像她一樣選擇放棄，選擇讓步，選擇拒絕。

明明是很簡單的事，我卻一件也做不到。

我也沒有將一切的責任推給她。

就像是她依存著他，我也依存著她。

一直在逼他們配合自己的人，是我才對。

所以，明明這樣就好，眼淚卻到現在都停不住。

真希望當時的眼淚沒止住。

國家圖書館出版品預行編目資料

果然我的青春戀愛喜劇搞錯了。12 / 渡航作；
Runoka譯. -- 初版. -- 臺北市：尖端, 2018.02
面；　公分
譯自：やはり俺の青春ラブコメはまちがっている。12
ISBN 978-957-10-7940-0(第12冊：平裝)

861.57　　　　106021077

浮文字
果然我的青春戀愛喜劇搞錯了。12
（原名：やはり俺の青春ラブコメはまちがっている。12）

著者／渡航
譯者／Runoka
執行長／陳君平
協理／洪琇菁
執行編輯／呂尚燁
內文排版／謝青秀
封面插畫／ponkan⑧
內文審校／森戶森麻
榮譽發行人／黃鎮隆
國際版權／黃令歡、高子甯
美術編輯／李政儀

出版／城邦文化事業股份有限公司　尖端出版
台北市中山區民生東路二段一四一號十樓
電話：（〇二）二五〇〇七六〇〇
傳真：（〇二）二五〇〇二六八三
E-mail：7novels@mail2.spp.com.tw

發行／英屬蓋曼群島商家庭傳媒股份有限公司城邦分公司　尖端出版
台北市中山區民生東路二段一四一號十樓
電話：（〇二）二五〇〇—七六〇〇（代表號）
傳真：（〇二）二五〇〇—一九七九

中彰投以北經銷（含宜花東）／楨彥有限公司
電話：（〇二）八九一九—三三六九
傳真：（〇二）八九一四—五五二四

雲嘉經銷／智豐圖書股份有限公司　嘉義公司
電話：（〇五）二三三—三八五二
傳真：（〇五）二三三—三八六三

南部經銷／智豐圖書股份有限公司　高雄公司
電話：（〇七）三七三—〇〇七九
傳真：（〇七）三七三—〇〇八七

一代匯集／香港九龍旺角塘尾道六十四號龍駒企業大廈十樓B&D室
電話：（八五二）二七八三—八一〇二
傳真：（八五二）二七八二—一五二九

馬新經銷／城邦（馬新）出版集團Cite (M) Sdn. Bhd.
E-mail：cite@cite.com.my

法律顧問／王子文律師　元禾法律事務所
台北市羅斯福路三段三十七號十五樓

二〇一八年二月一版一刷
二〇二三年十一月一版八刷

郵購注意事項：
1.填妥劃撥單資料：帳號：50003021戶名：英屬蓋曼群島商家庭傳媒(股)公司城邦分公司。2.通信欄內註明訂購書名與冊數。3.劃撥金額低於500元，請加附掛號郵資50元。如劃撥日起 10～14日，仍未收到書時，請洽劃撥組。劃撥專線TEL：(03)312-4212 ・ FAX：(03)322-4621。E-mail：marketing@spp.com.tw